武 著

美的教育

華齡出版社

责任编辑：苏　辉
装帧设计：灵动视线
责任印制：李浩玉

图书在版编目(CIP)数据

善的教育/刘心武著.—北京：华龄出版社，2007.8
ISBN 978-7-80178-507-7

Ⅰ.善…　Ⅱ.刘…　Ⅲ.①中篇小说—作品集—中国—当代②短篇小说—作品集—中国—当代　Ⅳ.I247.7

中国版本图书馆CIP数据核字(2007)第128496号

书　　名：善的教育
作　　者：刘心武　著
出版发行：华龄出版社
印　　刷：北京通州富达印刷厂
版　　次：2007年10月第1版　2007年10月第1次印刷
开　　本：720×960　1/16　　　　印　　张：10
字　　数：120千字　　　　　　　印　　数：1—10,000册
定　　价：18.00元

地　　址：北京西城区鼓楼西大街41号　　邮编：100009
电　　话：84044445（发行部）　　传真：84039173

目 录

善的教育

我是你的朋友

写在前面

刘心武

19 世纪末，意大利作家亚米契斯写过一本《爱的教育》，在全球影响非常之大，20 世纪初，我国就翻译出版了这部作品。

有人认为，西方基督教文化的核心，是爱；中国以及整个东亚的儒家文化的核心，则是善。其实，爱中应有善，善中必有爱，爱和善，是相通、相融的。

爱和善，是人与人相处时，最可宝贵的情愫。

我小时候，读《爱的教育》非常动心。那对我的心智发展，是一种启蒙。

现在我写成了《善的教育》，与亚米契斯遥相呼应。我希望现在的少年儿童，能够从小懂得爱和善，珍爱自己，更珍爱别人；予人以善，并从别人那里得到善报。

上个世纪 80 年代初，我曾在《儿童时代》杂志上连载了一部儿童小说《我是你的朋友》，日本很快出版了译本，并且印刷了 3 次。2005 年秋天，有上小学时读过这个作品的人士——现在已经是中年人了——写信给我，说我写的那些温馨的故事给他留下了很深的印象，他希望这个作品能够再版，并推荐给现在的孩子来看。《善的教育》写在《我是你的朋友》十多年后，但它们一脉相承，都努力地往孩子心中播种正直、真诚、善良与同情。现在，这两个作品放在一起再版，它们仿佛是两棵枝叶相握的树。

我期望这本书不仅对少年儿童有益，也能滋润在现实中陷于浮躁焦虑的成人的心灵。如果有家长和孩子，在灯下一起读这本书，并从中获得感动与憬悟，那我将无比欣慰。

2006 年 2 月 12 日

善的教育

善的教育

门铃响，去开门，门外是王铜娃。

我跟铜娃出生在同一年同一月同一天同一所医院。他生下来的时候，有3121克重，哭声有如铜锣当当响，所以他爸他妈给他取名叫铜娃。我呢，生下来的时候，才1406克，没他一半重，哭声跟蚊子似的，医生护士把我放到培养箱里，好几次差点儿不行了，一个多月以后，缓了过来，当护士长阿姨把我送到妈妈怀里，让她喂我奶时，我爸我妈激动极了，他们说医生护士创造了一个奇迹，给我取名叫曾奇，小名就叫奇奇。

14年过去了。现在，倘若你在旁边，可以观察一番；你会发现，我和铜娃身量一般高，肩膀一样宽，发育得一点不比他逊色；只不过，他浓眉大眼，我的五官呢，也用个褒义词吧，叫做眉清目秀。

我们住同楼。在同一所中学上学。这是寒假第3天。

铜娃见了我就嚷“嘿！怎么还在屋里窝着？没往窗户外头看吗？下雪啦！快！咱们下楼打雪仗去！”

我说：“急什么？雪花刚湿地皮，还没积成毯子呢！你进来，我让你先看样东西！”

铜娃进了屋，我

把他引到我家的电脑前，他拿眼一晃，就羡慕地说："嗬，你都会用它写作文啦？还会打印呀？"

我说："那有什么难的！咱们都会汉语拼音，用这里头的'智能 ABC 输入法'，你也马上就能写文章。"

铜娃叹口气说："我爸也说要置电脑，可他刚置下 VCD 机，还打算更新我家的冰箱和洗衣机，他说，等明年咱们正式开了电脑课，再买也不迟。"他显然不想听我安慰他的话，没等我开口，就用很内行的口气问我："你写的什么呀？小说还是散文？什么题材？"

我俩都参加了学校图书馆冯老师领导的课外文学小组。参加了几次小组活动，再谈到写文章，我们就不用语文课上的那些个概念了——什么记叙文呀、议论文呀、说明文呀，又是什么中心意思啦、段落大意啦……我们会煞有介事地谈论短篇小说的结构啦，小说里的悬念设置啦，以及究竟散文、随笔、杂文该怎么区分什么的。

我跟铜娃说："是写关于'办班'的事儿！"

"办班"，这是这些年里，人们都很熟悉的事儿。我们学校一放寒假，门口就贴出了好多"办班"的广告，那些"班"倒不一定是我们学校自己开办的，往往是外面的人，履行完了有关的手续，到我们学校来租用暂时空置的教室，针对社会上的需求，开办起种种训练班来；有的主要是冲着中小学生的，如钢琴班、电子琴班、小提琴班、国画班、素描班、书法班……有的则以吸引成年人为主，如电脑班、英语班、财会班、法律班、吉他班、篆刻班……铜娃的爸爸妈妈，跟我的爸爸妈妈一样，都是不怎么热衷这些个"班"，主张我们在寒暑假里，除了做好假期作业，就由着自己的爱好，该玩就玩，想做些什么就做些什么的，只要我们玩的、做的是健康的，他们就不干涉。

铜娃听说我写的是“办班”的事儿，有点吃惊。他问：“你也想花钱上个什么‘班’了吗？我可跟你说在头里，不管你那是个什么班，你可别拉我去陪绑！”

我就把我在电脑里写好，用喷墨打印机打印出来的文章，递给了他，并说：“是用去年的口气写的。”

有没有“盈眶班”？

您没听真？再给您说一遍，我是问：有没有“盈眶班”？……就是眼睛里冒出水儿来，可以不往下掉，那个“盈眶”，对对对，“热泪盈眶”，就是那个“盈眶”，其实不热也行呀，能“盈眶”就成！

……怎么回事儿？……其实也没出什么事，就是，就是，最近，就说刚过完的春节吧，从初一到十五，跟家里的人一聚、一玩……嗨，别提了，说说笑笑，搓麻甩牌，吃吃喝喝，打打闹闹，我觉得我什么都不拉后，可就是有一样，我一点儿都不成，就是不会“盈眶”！

……好比吧，我爷爷，他可是条硬汉子，您看他多大岁数了，三九寒天里还能到玉渊潭去冬泳，他要高兴起来，一笑，那能震得屋里的瓶子杯子全跟着响……可初二那天，姑父给了他一本什么《旧京大观》，就是厚厚的一大本照片儿，印的，我翻了两下就直骂姑父，里头连张带色儿的都没有，一点不喜兴，哪有过年送这个礼的！还齁老贵的！有那个钱，多买两瓶酒不更体面！……可爷爷大晚上灯下一篇篇那么翻看，看着看着，就"盈眶"了。虽说他戴着老花镜，让沙发边的落地灯一照，那眼里的水儿反着光，还是特明显。我过去拉他看电视，他最爱看相声嘛，那电视里的相声特别逗哏……他不理我倒也罢了，奶奶也嫌我多事，说是"让老爷子心里润润去"，润润去？润心？我不懂……

……我奶奶也一样，你说那电视里播点子什么农村失学儿童的事儿，那算什么正经节目呀，依我看，不过是动员大家伙儿掏钱，参加那个"希望工程"罢了。要说捐钱，爷爷奶奶他们早捐过了嘛，他们那点退休金，加起来还不够进一次马克西姆餐厅哩……可电视上无非是出现了几个脏脸冻手的农村娃娃，还有他们那光看得见土看不见多少砖的教室，还有中午他们就睡在那土坯桌上，等着下午再上课的镜头什么的，奶奶她就"盈眶"了。她就跟我爸我妈说："你们也每年出三百块钱，包下一个农村失学娃儿的学费……"荧屏上的那个农村小妞儿，直愣愣地瞪着镜头，我不过笑了几声，还没嚷出"傻帽儿"来，他们就都侧过脸，责备地望望我。您说这是咋回事？我又没反对他们捐钱！不就三百块吗？管一年？那回我在"麦当劳"搞生日"派对"，也还没把同学请全，一次就花了三百八，我在乎他们捐三百？……

我爸“盈眶”的时候不多，可他也会，去年他带我去了一次叫什么“黑土地”的饭馆，说是让我也尝尝他们当年在“兵团”吃的苦——其实那些个玉米楂粥呀、贴饼子呀、老咸菜呀，一点也不苦，比家里动不动就塞给我的方便面、火腿肠香多了！他平时总说“文革”怎么不好，把他们一代人给耽误了什么的，可是在那饭馆里一转悠，看见墙上挂的旧兮兮的“军挎包”、大草帽什么的，他就“盈眶”了，我跟他说话时，他装听不见……你说怪不怪？“盈眶”这毛病，爷爷奶奶总算传给了他，他却一点没传给我！

……当然，我现在模模糊糊认识到，“盈眶”不是毛病，就算毛病也是“好毛病”……那天我跟我妈去购物中心，出了地铁站，遇上一个残疾人，他下半身简直全没有了，用两手抓着两个木托子，移动那身子。走过他身边，我还回头看，觉得挺逗的，就蹲下身子学了几步他那副鸭子摆尾样，好！我妈跟我急了，一路数落我。我也急了，说:“我犯哪条错误了？”咦，她最后不说话了，咬着嘴唇，居然“盈眶”，这算哪门子的事？

……后来，我们家，怎么说呢，等于是开了个家庭会议，他们说，我会笑，也会哭，包括大哭、泼哭、嚎哭……

可我不会"盈眶"！我说我有时觉得委屈也会默默地流泪，或者小声地哭，那时眼眶子里的水儿也挺丰富的，可是他们说那都不是"盈眶的境界"，后来我就听见爷爷说："真该给他送到一个专门的'盈眶班'里去学学……"

……您说，真有开"盈眶班"的吗？得交多少学费？要是一二百就够，那不用他们再掏钱，我自个儿攒的没准儿就够……我该到哪儿报名去呢？

铜娃看完了，手里还捏着那文章，眼睛抬起来，望着墙上一幅山水画，只是出神。

我朝窗外望望，把文章从他手里抽出来，叠起放进上衣口袋，对他说："发什么愣啊！不是要打雪仗吗？瞧，人家都打上啦！"他这才回过神来，朝窗外望。我家住在八楼，居高临下，可以望见楼下的绿地已经铺上了雪毯，一些孩子已经在追跑着互扔雪球。

我俩下楼，参加到越来越激烈的雪仗中。雪花越来越密，地上的雪越来越厚，我们攥出的雪球也越来越大……

忽然，哐啷啷一声响，邻楼一层某家的窗玻璃被砸碎了。立刻传出来一位老大妈的抗议声。几个"围剿"我和铜娃的孩子一哄而散。我跟铜娃就跑去道歉。老大妈见我们能上门道歉，消了些气；听说她家有现成的玻璃，我跟铜娃便主动给她重新安装——铜娃回我们那栋楼取来了玻璃刀和油腻子，他家恰好有——老大妈转怒为喜，给我俩沏了热蜂蜜水，让我俩多多地喝。她说："这楼区，可比不了胡同里头；胡同里，两边大体上都是屋子的后墙，孩子们打雪仗，不怕砸着玻璃……哎，一眨眼，从胡同四合院里搬过来，都五年啦！"

从那老大妈家出来，铜娃说："也不知道住在胡同四合院里，是个什么滋味？"

铜娃出生后，一抱回家，住的就是居民楼；后来搬了两回家，也是从楼到楼。我跟着我爸我妈，也大体如此——开头是跟另一家人合住一个单元，后来搬到个独间的单元，现在是住着两室一厅的单元。可是，我却还知道住胡同四合院是个什么滋味。

回到我们那个楼门口，我问铜娃："嘿，忘了我那篇文章了吗？如果有'盈眶班'，你上不上？"

铜娃说："开哪门子玩笑！会真有那个'班'吗？在哪儿？"

我说："在一条胡同里的一个四合院里！我带你去，你去不去？"

铜娃瞪大眼睛，望着我。

我说："蒙你干什么！要不，一会儿，咱们就去！"

确实没蒙他。没多一会儿，我俩穿戴好，楼门口集合，出发了。铜娃还在他家冰箱上，用小熊造型的冰箱贴（背面是块吸铁石），压紧一张纸条，上面写好留言，好让他双职工的爸爸妈妈回到家，知道他的去向。

原来，我爷爷、奶奶，一直住在胡同四合院里，我常去，那篇关于"盈眶班"的文章，开头所写的，就是去年寒假期间，我住在爷爷奶奶家所遇上的事儿；只是以往我没把铜娃带去过罢了。

到了爷爷奶奶他们那个四合院，一进门，嗬，院里的孩子们，还有几个大人，正在当院堆雪人哪。堆出了好大一个雪人。煤球做眼睛，胡萝卜当鼻子，头上还扣了个大草帽。只是还没嘴巴，显得很滑稽。院里的人，我全认

识。比我小一岁的邢大雷，要拿个红辣椒给那雪人当嘴巴，怎么也安不稳，而且也不像；比我大一岁的洪蓓蓓，拿来她妈妈的口红，给雪人抹出了一对厚厚的红嘴唇，大家才拍着巴掌笑道："活啦！活啦！"……

爷爷奶奶住在北房里。安了土暖气，屋里温暖如春。爷爷奶奶最喜欢孩子，见我不仅带来了铜娃，又招来了邢大雷和洪蓓蓓，乐呵呵地拿出好多蜜橘，还有一大把香蕉，让我们吃。我们一边吃着，一边分两组下棋，我跟洪蓓蓓下跳棋，铜娃跟邢大雷下陆军棋，最后，我输了，铜娃赢了。下完棋，我们4个孩子，和我爷爷奶奶，围坐在沙发上说笑。我从衣兜里拿出了那篇文章，跟爷爷奶奶说："现在，是不是就宣布'盈眶班'开班呀？"爷爷奶奶早从电话里，听我念过这篇文章，铜娃刚看过不久，所以，我就把文章递给洪蓓蓓，她也很喜欢文学，还给《少年文艺》杂志投过稿，她很快读完了，又把文章递给了邢大雷，可是邢大雷读完了，很不理解，他问："这究竟是个什么中心意思呀？"我和铜娃、蓓蓓都笑了。奶奶便对大雷说："我们都在写文章呢，你听多了，那意思自然就跟花儿似的，在你心里结出大果子来。”说着，她去取出一篇写好的文章，戴妥老花眼镜，念了起来。

这时屋外雪越下越大，从玻璃窗望出去，鹅毛似的雪花就像一张白绒线织的大网在抖动。

奶奶的文章是这样的：

一根化掉的冰棍

这是个大热天里的故事。

那一天呀，真叫热。下午四点多钟了，太阳还像大火炉那么热。地上的树影儿，像墨泼的那么浓。

在一个胡同四合院里，西屋里住着一个刚上一年级的小姑娘，她一头短发黑油油的，一双眼睛亮晶晶的，一身淡蓝的连衣裙光闪闪的。她脖子上总挂着把门钥匙，这说明她的爸爸妈妈是双职工，每天下午四点多放了学，她总是自己开门进家，看会儿小人书，自己下挂面来吃……

这天下午放了学，小姑娘回到家里，放下书包，刚想再翻翻头天得到的《小朋友》，忽然想起来，北屋里的老奶奶，已经感冒整三天了。老奶奶的老伴出差了，儿子儿媳妇住在挺远的居民楼里，老奶奶为了不让他们担心，不影响他们上班，也没给他们打电话，自己去医院看了病，取了药，吃了药，在家里静养。小姑娘就想，应该去看望看望老奶奶，帮老奶奶做点什么事。

小姑娘到了老奶奶家。老奶奶病好多了，正坐在藤椅上养神呢。

小姑娘像朵花儿，老奶奶像株老树，花儿倚着老树，那情景真叫动人。

小姑娘问："老奶奶，老奶奶，您要什么呢？我来帮您办。您想喝茶我给您沏，您想捶背我给您捶，您想听歌我给您唱，您要觉得太热我给您扇扇子！"

老奶奶抚抚小姑娘的黑发，摸摸小姑娘红喷喷的脸蛋，笑吟吟地说："这些我都不想。说实在的，也不知为啥，我想吃根冰棍。"

小姑娘一听跳起来，连说："老奶奶，老奶奶，我去买我去买。"说完像只小蝴蝶，往门外飞。

老奶奶朝她招手："快回来！我给你钱！"

"不！"小姑娘头也不回，骄傲地说："我有！"

是的，小姑娘一边蹦蹦跳跳地往院外跑，一边掏衣兜。她兜里有从妈妈给的零用钱里攒下来的三个钢镚儿，三个一样大，都是两分的。那时候，街上卖的冰棍品种远远没有现在这么丰富，用五分钱，可以买到一根最便宜的红果冰棍。

小姑娘出了院子，跑到胡同里，跑到大街上。大街人行道上的馒头柳，热得每片柳叶儿都像皱起的眉毛；马樱花可不怕热，簇簇马樱花都开出丝绒般的花瓣，像一片片红云。小姑娘看不起馒头柳，小姑娘要学马樱花，她才不怕热呢，她要为老奶奶买一根又凉又甜的红果冰棍儿。

本来，一出胡同口那儿，就有个卖冰棍的胖阿姨，可不知怎么搞的，这天她那会儿没在。也许是天气太热，她一整车冰棍都卖光，又取冰棍去了。

小姑娘决心往前走，总会遇上另一个卖冰棍的。走哇走哇，好，前面果然来了个推冰棍车的老爷爷，小姑娘高兴地跑过去，手里紧紧捏着那三个钢镚儿，大声地嚷："老爷爷，老爷爷，我要一根红果冰棍儿！"

咦，老爷爷干吗直摆手？"卖完了，卖完了！"啊，这可怎么好？小姑娘可不愿意就这么回去见老奶奶，她足足朝前走了一里路，终于到了热闹的十字路口，在冷饮店那儿买到了一根五分钱的红果冰棍。小姑娘把售货员找回的一分钱，细心地放回到裙子兜里，这才举着冰棍，跳着颠连步，往回去的路上跑。

天气真热。冰棍出"汗"了。小姑娘犯了愁，可怎么办呢？她把冰棍捧在手里，小心翼翼地朝前走，谁知冰棍化得更快了，冰棍纸渐渐地变了形。

小姑娘急得要命。她额头上的刘海被汗黏住了，一粒汗从鬓角流到面颊，她也顾不上擦。

小姑娘想到，卖冰棍的阿姨们，总是用一条厚的白棉被，盖住一盒盒的冰棍。啊，有办法了。她腾出右手，从兜里掏出手绢，盖到左手的冰棍上。

可是，冰棍仍然在迅速地溶化。发黏的冰棍水儿，从她手指缝，滴到了人行道的方块水泥上。于是，在小姑娘身后，便留下了一道由小湿点儿形成的、不够直的长线；长线的末端，不断被太阳的热力“舔去”，而长线本身，却不断地向前延伸……

老奶奶仍旧坐在藤椅上养神。忽然，她听见了呜呜的哭声，由远而近。门开了，小姑娘泪痕满面地走了进来，她的手里，捏着一根完全化掉了的冰棍，严格地说，那不是冰棍，只是一根湿漉漉的细竹棍儿。

老奶奶一把拉过小姑娘，用粗糙得像锉子的手背，擦去小姑娘脸上的泪珠儿，亲切地问她：“你这是怎么啦？”

小姑娘的眼里，仍旧滚出大滴大滴晶莹的泪珠。她那长长的睫毛，完全被眼泪打湿了。她依偎在老奶奶怀里，哽咽地说：“没能给您拿来……冰棍儿全化成水啦！……”

在那几分钟里，小姑娘觉得，这真是世界上最令人伤心的事。

老奶奶望着小姑娘，好一阵说不出话来。

老奶奶从小姑娘手里，取过了那一根湿漉漉的竹棍儿，像拿到了一件世界上最可宝贵的礼物。她爱抚地搂抱着小姑娘，缓缓地说：“好孩子！你心上有个美丽的小芽儿，你一辈子别伤了它，要让它长成一棵高高的大树！”

奶奶念完了，我和铜娃、蓓蓓都在沉思，只有大雷，笑嘻嘻地望望蓓蓓，又望望奶奶，拍下巴掌说：“嗨！我知道啦！那个老奶奶，她姓曾！那个小姑娘么，哈，远在天边，近在眼前！”爷爷望着蓓蓓说：“那美丽的小芽儿，在她心上，至少是，已经长成小树了吧！”我们就都望着蓓蓓，蓓蓓脸红了，别过头去，望着窗外，说：“真的……要不是曾奶奶念这篇文章，我都不记得有这么回事了……”

外面雪停了；听见有人推着自行车进院来，以及见了大雪人的欢呼声，头批下班的职工回来了。铜娃说他该回去了，爷爷说：“你跟奇奇都留下，我们四间屋呢，住得下。家里有电话吗？给你爸爸妈妈打个电话，告诉他们你住奇奇爷爷家了……”我当然巴不得，铜娃也很高兴。铜娃望望墙上的挂钟，说：“刚六点。他们还没到家呢。我七点再打电话吧。反正我给他们留了条，他们知道我上哪儿了。”我问奶奶：“那晚上吃什么呀？”奶奶说：“还能把你们饿着？饺子！”我说：“我和铜娃帮着包。”奶奶说：“不用。早买好了速冻饺子，好几种馅呢。你们出去玩玩吧！一会儿你爸你妈也来，他们到了我就开煮，大家热热乎乎地围一桌吃，我跟你爷爷，怕要比平时多吃十来个呢！”大家都笑了。

我们几个孩子出了屋，天色已经很暗了，本想到胡同里打雪仗，可

是天黑了，打起来不方便，再说下班的人过来过去，雪球砸到人家身上多不合适；可身上痒痒的，总想发散发散，玩什么呢？跑出院子，啊，一些大人正在铲雪清路呢，还犹豫什么呢，我们忙借到工具，参加进去，我跟铜娃一边铲还一边扯着嗓门唱了起来，真比卡啦OK还痛快！

回到爷爷奶奶家，才发现爸爸妈妈已经坐在那儿了。铜娃对我说："原来你们计划好的啊！"我说："是呀。只是原来的计划，是九点半，我跟爸爸妈妈一起回咱们楼。现在变啦！他们回去，我跟你留下。怎么，你不乐意啦？"他说："我干吗不乐意？你呀，早该带我来四合院住住啦！"

热热乎乎地吃完饺子，我催着铜娃给他爸爸妈妈打电话。他打完电话，告诉我说："住曾爷爷家，他们当然放心啦。可是，他们猜了半天，也闹不清我说的那个'办一个盈眶班'呢，是个什么意思。爸爸以为是个什么电子游戏，妈妈以为是一种扑克牌的玩法，一个嘱咐我别玩疯了，一个嘱咐我别输不起耍脾气……"

大家暖暖和和地围坐在一起，看完"新闻联播"，爷爷就关上了电视；洪蓓蓓吃完饭，也来了；这时妈妈就拿出一篇她写好的文章来，念给大家听。她写的是前些年到瑞典参加一个国际学术会议时，遇上的一件事。

分　享

要从斯德哥尔摩回北京了，我到N教授家话别，正交谈间，忽然他的女儿莲娜兴冲冲地跑进起居室，连帽子和大衣都没脱，唤了我一声，像宣布一件世界要闻般地对我说："我同学芬妮答应借给我麦考利的《独自在家》啦！明天上学带给我，您就能到我家来看啦！"

她那张红扑扑的脸，放着光，正对着我，双眼更迸射着难以形容的强波。我的心被重重地敲击了一下。

在斯德哥尔摩参加国际学术会议之余，我曾同N教授夫妇和小莲娜一起到市中心NK百货公司一侧的电影城去看电影，片前照例要播一些商品广告和新片预告，新片预告里，有《独自在家》的续集《纽约迷路记》的精彩镜头，那个身价百倍的美国童星麦考利，仅窥其几斑，便可知是匹迷人的小豹，我自然连说："好好好，妙妙妙，只可惜我连《独自在家》也没看过哩！"谁知这话便被小莲娜记住了，看完电影，一起在"必胜客"比萨饼店吃"至尊无上饼"时，她几次插进我与她父母的交谈，认真地说："《独自在家》太棒啦！您一定要看啊！"结果就出现了她跑到我面前宣布她已经借到录像带的一幕。

14岁的莲娜，以一颗愿与我分享快乐的爱心，激动而满足地向我宣布了那一消息。她那面庞上的表情，那双眼中的闪光，任是怎样的文字，也难形容。一个生命，她诚挚地愿把一种自己得到过的快乐，无偿地提供给另一生

命。我不知道自人类脱离野蛮状态后，这种情愫已存在了多久。反正，面对莲娜，我非常感动。

她父亲告诉她："可是，明天一早，文阿姨就要去机场，飞回北京了呀！"

"明天一早……就要飞走了？"莲娜脸上，先现出一个着实吃惊的表情，然后便立即化为了一种惶遽、痛切和焦虑。我只恨概念化的词语无法充分地传递出她那表情，特别是那双眼睛里流露出的，现在我不忍回想的光波——因为我不能看到《独自在家》的录像带，她那一颗小小的心，竟在经受痛苦的煎熬。

莲娜木然地在我们面前站立了几秒钟，突然转身走出了起居室。

N教授继续同我谈论一个学术上的问题。我的心却乱了。我有一种负债感，更痛苦的是我无法完债。

当晚，斯德哥尔摩大学的W教授要在他家为我举行一个告别"派对"，N教授夫妇和小莲娜也都应邀参加。W教授住在斯市远郊，一座森林边上。从市中心的车站算起，乘火车也得半个多小时。

忽然莲娜又跑进了起居室，帽子不知是脱了还是惶急中抖掉了，她脸上又放出了艳丽的光，自豪地对我们宣布："我有办法了！我刚才跟芬妮打电话了，我马上到她那儿取那盘带子，然后我拿到W伯伯家，我们在那儿看！”

跟在她身后进来的N太太不由得反对说:“那怎么行?我们马上就该动身了！你哪儿有时间去芬妮家?”

莲娜顿着脚说:“你们先去！我从芬妮家取了带子，自己去嘛！”

我抢上去阻拦:“那不行！路那么远，天又黑，你又小，怎么能让人放心?”

但莲娜执意要实行那计划,N教授便略带责备地对她说:“你都看过三遍了，还不够！”

莲娜立即解释说:“谁说我还要看?我说好了去帮他们调马提尼酒的！我要文阿姨看嘛！”

我本想说:“其实我看不看无所谓，再说那儿那么多朋友要交谈，我也看不了。更何况将来在北京也有可能看上……”但面对着莲娜脸上的和眼里的光，我却说不出口。

我已经非常快乐。在这个不断发生战乱、屠戮、争斗、排挤、攻讦的世界上，有一个14岁的小女孩，她诚心诚意地要给予我她享受过的快乐，仅仅为此，我就应当坚信，不仅生活的实质，而且人性的本体，都是美好的。

不能不同意莲娜的神圣计划。再说即使不同意也阻拦不住她那神圣的行为。我和N教授夫妇先行乘车前往W教授家了。在W教授家，我想N教授夫妇一定心神不定，我却很快忘却了莲娜和她去取的那盘录像带，因为包围着我的实在都是重要的人物和真切的友情，毕竟第二天一早就要远别了，他们和我都有许多话要说……

忽然门铃响，莲娜走了进来，她径直走到我身旁，用仿佛犯了罪的声调对我说："……芬妮的这盘录像带，只有开头一点儿是《独自在家》，后头都让他哥哥给录了杰克逊的歌了……"她朝我仰着小脸，双眼蓄满晶莹的泪光，没有卸掉手套的双手捧着一盘录像带，紧扣在胸前……

我不由分说，把莲娜紧紧拥入怀中。她哭出了声来。我的心在猛抖……

我不知道，今生今世，会不会再遇上莲娜这样一个纯洁的生命，只因为她享受过那一桩快乐，便千方百计地要我分享那快乐……世界很小，人生很短，但那单纯而赤诚的心意，却宽广而悠长。

妈妈念完了她那篇文章，我和铜娃不由得对望了一下。我们早就看过《独自在家》和《纽约迷路记》的录像带，说实在的，那并不怎么合我们的口味；当然啦，妈妈在瑞典遇上的那个莲娜，她那想跟人分享快乐的好心眼儿，确实值得表扬……不过，妈妈写的这篇文章，有些个措辞，似乎深奥了一点……我跟铜娃对完眼，又都不约而同地朝洪蓓蓓望去，只见她偏过头去，朝着窗外，眼睛里，闪着些个水光。咦，她怎么这么快就学会"盈眶"了？难道她早就有这个水平了吗？

我们正议论着莲娜的故事，邢大雷和他妈妈敲门来了。邢阿姨手里拿着毛线活，笑嘻嘻地问开门迎上去的妈妈："嗬，你们这儿好热闹呀！是看什么 VCD 盘吗？"又说："大雷他爸，又跟李叔他们'小来来'呢，不到十点，怕是收

不了摊……”“小来来”就是搓麻将牌，十来块的小输赢，解解闷儿。我和爸爸忙给他们搬来软椅，大家挤拢一处坐着。邢阿姨一边说笑一边麻利地织着毛线衣，妈妈对她说：“现在毛线衣到处有得卖，有的商场大减价，质量又好，花色也多，你干嘛非自己织啊？”邢阿姨笑着说：“小雷他爸说，搓麻将，两条胳臂就跟游泳似的，只当是锻炼身体；我这织毛衣，其实也是做手指体操的意思，哈哈，谁等着去穿它啊！……刚才跟小雷坐一块儿看电视，嗨，现在遥控器一点，三十几个台呢，过去哪儿有这么丰富的文娱生活！……可也怪，不知怎么的，今晚上硬是挑不出个中意的节目来！……所以，就跟小雷到你们这儿串门来了！”又问：“咦，你们电视机也没打开，不是看VCD盘呀？玩什么呢？一个个这么开心！”我们就跟她说，在“办班”呢，念文章呢，其实，也就是轮流讲故事给大家伙听呢……邢阿姨也没太明白，但感觉到爷爷奶奶家很温暖，很喜兴，就高兴地边织毛衣边说：“好好好，该谁啦？快讲个故事，我跟小雷也听听！”妈妈就对爸爸说：“该你啦！”

爸爸摸摸后脑勺说：“哎呀，我写的，跟你那个，题材重复啦，也是看电影的事儿啊……”

邢阿姨说：“我跟小雷刚来，听什么都是新鲜的……”

又问："看的什么电影？"

爸爸说："早场电影。"

邢阿姨说："那好那好！想当年，咱们刚上中学的时候，那时候谁家有电视机？可不都指望着进电影院看电影！那时候，星期天，电影院总有早场电影，学生场，一毛五分钱就能看上个新片子！……现在呢，有了电视，还有录像带，VCD 什么的，难得进回电影院啦！听说也还有早场电影，可就连大雷、奇奇……你们，不也很少去看吗？……"大雷截断他妈妈话茬儿说："妈，您让曾伯伯讲他那早场电影的故事吧！"

爸爸清了清嗓子，就念起了他的那个故事。

早场电影

我上初一时，每逢星期天，学校总组织大家看早场电影，新片要交一毛五分钱，复映片只需交一毛。我是每回必看的。看完电影，第二天中午在教室吃带去的盒饭时，我还特别爱复述电影里的故事，如果看的是打仗的片子，则会边讲边用手比画成机关枪，一阵抖动，嘴里嗒嗒嗒发出密集的"枪声"，有时还会模仿片子里坏蛋中弹歪倒的神情……可是大多数同学也都看过那电影，对我的复述模仿不以为然，只有大牛一边啃着带来的窝头，一边瞪圆眼睛，听得津津有味，我也就更多地讲给他听，表演给他看。

我比同班大多数同学小两岁，大牛比同班大多数同学大两岁，所以他跟我站到一块，实在不像是同班同学。我

这人发育上滞后，上初中时还是小头小脑的，用四川话说是还没有“长登”，大牛却已是人高马大，同学们有时叫他“牛大块”。我刚从四川到北京时不懂“大块”是什么意思，后来才明白是形容人胸肌发达。大牛的块头似乎并不是体育锻炼铸就的，他家境贫寒，每到寒暑假，他都到建筑工地上当小工，挣来的钱，用来交学杂费和买课本、文具。有同学星期天看见过，他拉着一个自制的小轱轳车，到城根去捡别人丢弃的白菜帮子，弄回家煮菜下饭，星期天的早场电影，他自然从来不看。他既没看，爱听我讲，我也乐得给他细细道来，这样，我们俩的关系，也便密切起来。

我在家里，跟妈妈说起学校里的事，有时便会提及大牛，讥笑他居然连早场电影也看不起，还给家里捡白菜帮吃。妈妈起初只是正告我：不能讥笑家境比自己贫困的同学！后来有一回，我自己的课本弄丢了，把大牛的课本借回家来用，被妈妈看见，她吃了一惊，因为大牛为珍惜那得来不易的课本，用捡来的硬纸壳，将那课本精心地改制为精装本，翻开里面，绝无乱涂乱画的痕迹。妈妈便对我说，应当向大牛这种精神学习！并说我和大牛在一起，她是放心的。

一次班上文娱委员又收取早场电影费，我竟破例没交，被大牛发现了，放学后他便问我为什么这回不看，我向他坦白：我把向妈妈要来的电影票钱，用去吃了一碗炒肝。那家卖炒肝的小铺子刚在我们学校胡同外开张，我实在经不住那香味的诱惑。我妈妈是最恨我花钱乱吃零食的，所以，我不能跟她说实话，当然更不能再向她要买电影票的钱。大牛听了，闷闷不乐。

可是临到星期六放学时，大牛告诉我，他这回要看早场电影，并且还给我也买了一张票。这可把我高兴坏了！我们俩约好，星期天一早，我去他家找他，再一起去电影院看电影。大牛家在我家与电影院之间，而且从我家到他家那段路相对还要长些，总得走个二十多分钟。星期天一大早，我匆匆出了家门，刚拐出胡同，忽见蒙蒙的冬雾里，凸现出大牛的身影，原来他迎我来了！我俩高兴地会合，有说有笑地踏着人行道上的残雪，朝电影院而去。一路上车少人稀，到了电影院，人家还没开大门呢……

那天看完早场电影，我还想约大牛去什刹海的冰上跑跑，可是他不能去，他这才告诉我，买电影票的三毛钱，他是预支的，他马上得去城根的一处工地铲沙子，人家答应他，干足 6 个小时，算三毛钱的工钱。

这事过去有 30 多年了。后来，“文革”造成了动乱，学校停课，再后来，我们都上山下乡，我去了东北生产建设兵团，大牛去了他老家河北农村插队。再后来，赶上了改革、开放，我从兵团回到北京，考上了大学。我去大牛家找他，他家早搬走了，院里邻居们也说不清到哪儿去了；我一直打听着大牛的消息，竟总是不得要领，有个模模糊糊的传闻，说是大牛在农村，入赘到个寡妇家里，就扎根那儿，在那儿务农了。我们竟从此失去了联系。前天

我路过那座原来常去看早场电影的建筑，它现在已经变成了一个名字古怪的家具城，忽然一阵甜蜜和惆怅的情绪交融在我的心扉。在岁月嬗递中，我失去了什么？积淀下了什么？……难忘的早场电影吗？

爸爸念完了，大家一时都没吱声。大雷忽然问道："什么叫惆怅啊？"他妈妈晃晃头发说："哎，曾大哥曾大哥，我可真是，好久好久，没这么……惆怅过了！你呀你呀，你这么一念，我心里头，比看了那电视连续剧还多滋多味的！上小学，上初中，那些个时候的，一些个似乎不起眼，可又不该忘的人和事，都让你给勾出来了！……哎哎哎，敢情惆怅惆怅，也是一种享受呢！"大雷听完，用更高的声量问："那，究竟什么叫惆怅啊？"大家都笑了。蓓蓓说："这些文章，咱们应该打印出来，给一些像'惆怅'这样的词语，加上注音解释，编成一本杂志，好留着细细地读，慢慢地领会……"我说："对对对，我们学校有文学小组，起码我们小组成员就都会是这杂志的热心读者！也不光是当读者，相信还都会踊跃投稿呢！"铜娃说："可以寒假出一期，暑假出两期……还可以画上插图……封面嘛，也要搞得又大方，又有味道！"大家七嘴八舌议论了一阵，大雷也不纠缠什么叫"惆怅"了——他等着看有注解的杂志呢……后来爸爸提高声量说："该老爷子啦！"

大家就都安静了下来。只见爷爷戴好老花镜，凑近沙发旁的落地灯，拿着他写的文章，念了起来。

温哥华

这里说的不是加拿大国的那个名城，是一个人。

谁?

就是离咱们家不远的大街上，卖西瓜的一位汉子。他长得黑不溜秋的，天热的时候，光着大膀子，露着胸毛，手里再操着把切西瓜的尖刀，你想想那是个什么形象！原来我买西瓜，总是宁愿再多走几步，到那面善的、妇女掌秤的摊上去买，对他，是连摊带瓜都绕着走；但我买回的瓜，能得家人好评的不多，要么还生，要么过熟；老伴买回的瓜，却成功率颇高。有一天，她买的瓜正好几个朋友来分享，色艳瓤沙汁浓味甜，大家哄然赞妙。我就顺口问她:“哪个摊上买的？”她笑说:“鲁智深那个摊上买的！”我就知道是那汉子的摊儿，不禁对她说:“你真有胆儿！敢到他那儿买！”老伴笑了:“人不可貌相！你猜怎么着？请他给挑，他挑得还真仔细，不熟还真不给你，谁知道他秤准不准呢，反正他挑的这瓜，挺不错是吧？”

那以后，有一天我回家挺晚，下了公共汽车，走了没几步，便是他那瓜摊；没人买他的瓜，他躺在折叠床上，就着拉过来的无罩电灯，跷着二郎腿，看一本什么书。我忽然觉得应该买他一个瓜，就过去招呼他，他翻身起来，扔了那本皱皱巴巴的书，抓起瓜刀，瞪眼望着我，我心里有点怵，嘴里少不得请他挑瓜，他把刀放在案子上，给我挑起瓜来，他一挑瓜，那形象确实就顺眼多了，他似乎也并非为顾客着想，从旁看去，他挑瓜是出于一种习惯，甚至是出于一种爱好……我心里松快多了，便跟他聊了几句，问他看的什么书，他说：“嗨，瞎看呗！”可是我已经看出来，那扔在折叠床上的是一本金庸的武侠小说，于是说：“嗬！雄心大志！今儿个瓜摊小贩，明儿个除暴安良！”他一边给我称瓜，一边气昂昂地说：“那怎么着！你以为我一辈子窝在这瓜堆里么！”我说：“你别给我往多称啊！”他把眼一瞪，爽性不称了，说：“你信不过，咱也不称了！论个儿卖吧！你还买不买？”他如此有趣，我也就跟他说笑起来。这一晚，我们就算认识了。

后来我买瓜不仅专买他的瓜，而且只要没事，他又没大生意，我就跟他聊一会儿。

他那瓜摊左右，还有个体书摊、烟摊，以及卖煎饼、卖冰棍的小贩，我发现那些摊主小贩都管他叫“温哥儿”，原来他姓温。他对这“温哥儿”的叫法不大满意，有一回他就对我说：“多难听，跟得了瘟病似的！”我就建议：“干脆，叫温哥华吧！听着再不会想到瘟病，而且，温哥华是加拿大的名城，听着也亮堂！”我本来是开玩笑，没想到旁边卖烟的小伙子立马就这么叫上了他；几天以后，这叫法就普及开了，他也认同。

卖西瓜比卖别的辛苦多了，因为晚上得彻夜守摊；不过，看样子温哥华一夏的收入，比周围的摊主小贩都高很多，我自然从不跟温哥华谈及各自的收入，我们总是天南地北地扯些别的。从闲聊里，我知道他去过不少地方，自己也种过瓜，看见他穿过一条军绿裤，我就问他是不是参过军，他说参过，可是脾气太大，升不了官，复员回了大兴县，混到现在，也就是靠瓜赚俩钱花……

盛夏里有一天，我的一本书，由南方一家出版社出版了，那边出版社代我缴了个人所得税后，给我汇来了将近两万多块钱的版税，我从东华门的银行取出这笔钱以后，兴致勃勃地到附近的天伦王朝饭店去吃了顿自助餐，因为在街上时浑身燥热，所以在饭店里我选了一个冷气最冲的位置。没想到乐极生悲，等我回来时，在公共汽车上便开始肚子疼，下车以后，里急到难以忍耐的地步，根本不可能坚持回到家里的卫生间解决问题。我捂着肚子，满额是汗，好在很快到了温哥华的瓜摊，我急中生智，便把手提包交给他，对他说："温哥华，我得赶紧去厕所，你给我看着点儿——里头可全是金银财宝！"也不等他眨完眼，我就赶紧往公共厕所里跑，那公共厕所倒不远，就在30米开外的胡同口里，我跑进去的情况，不堪形容，不过我把提包交给温哥华，实在是太明智了，因为厕所里面绝无挂提包的钩子……

从厕所出来，天已黑净，街对面小饭馆的瀑布灯，光灿灿地一直从门面挂到行道树上，温哥华的瓜摊，也亮着他那个大灯泡。我走拢瓜摊，忽然发现温哥华黑着一张脸，手里握着瓜刀，两眼恶狠狠地迎着我，让我大吃一惊；我还没开口，他瓮声瓮气地质问我说："想干什么，你？！"

我很不理解，就开始耐心跟他解释……

温哥华没听完，就咬牙切齿地说："你这糟老头子！你耍我呢！"

我更不理解了。

温哥华把刀在案子上使劲一顿，瞪圆双眼，吼了起来："别以为我是好惹的！"

有几个人围了过来，我莫名其妙，不由得有点害怕。

"给！"温哥华把我的手提包扔到我怀里，继续大吼："你点点数！少了没有！"

摆烟摊的小伙子就上去劝他。

我万没想到事情会变成这样。我错在哪儿了呢？

……好在最后终于把一个大误会消除掉了，不，也不是什么误会，最根本的是，我此前还根本不了解温哥华，归根到底，是我那天那样做太孟浪了。

温哥华没参过军。温哥华犯过错误，他曾因混水摸鱼提走别人的手提包，被拘留过。后来他决心改过自新，在农村种瓜，他跟西瓜混得越来越熟，到后来，挑瓜已成为他的一种习惯乃至本能，而且几乎百挑百佳……那天我那样做，对他刺激实在太大了——因为我撂下了那样一句话，转身就跑，所以他在一种复杂的心情中，也就打开我那手提包检查了一下，看到里面有那么多的钱，他一时竟感到我是恶作剧，故意要羞辱他……

那以后，我跟温哥华成了朋友。冬天，我们一起冬泳，他总觉得我年岁大了，怕我有个闪失，游的时候，总在我左右护卫着。

爷爷念到这里，停下了。我以为没完，问："下头呢？"爷爷却已经取下了老花眼镜。邢阿姨笑着说："啊呀！您写的他呀！我也常买他的瓜，确实都不错！头年秋天，在街头帮着抓歹徒，还受了伤，事迹上过晚报呢……不过，也真没想到，他原来是个失足青年啊！"爸爸说："前头咱们写的，莲娜呀，大牛呀，都是些纯洁无疵的、天使般的人物……老爷子倒真是别开生面，写了这么个……怎么说呢？……"蓓蓓说："我理解。只要一个人愿意善良，他就能够洗掉心灵上的污垢，变得美好！"妈妈说："爸爸这篇很好。有深度。它让我们懂得，信任，是善良的催化剂……"大雷问："什么是催化剂呀？"大家都笑了。铜娃对大雷解释说："就好比春风吹过来，迎春花就开似的……曾爷爷完全信任温哥华，温哥华一时反而受刺激，接受不了，可是到头来，曾爷爷的信任，还有更多人信任，让他更有信心，去帮一个善良的好人！"大雷点头。

奶奶给大家分发橘子，说："不早啦，吃完橘子，该休息啦。"大家剥橘子吃。邢阿姨说："什么时候还办这个'班'？我也写一篇参加！让大雷他爸也来！总那么搓麻，究竟没多大的意思！"她边说边拿起橘子要剥，一看，不对，橘子掉她肚子上，她把毛线团当成橘子了！她仰脖大笑，大家也都笑得前仰后合……

第二天一早，爷爷带着铜娃和我细看四合院。我虽然很熟悉爷爷他们这个院子了，但也还是头回听爷爷细说端详。爷爷他们的四合院，虽然里头盖出了一些从原有住房延伸出来的小房子，又拆掉了一些原有的建筑，但大体上还保持着北京老四合院的格局。在前院和后院之间，跟大门错开的位置上，是一座垂花门，它的特点是门楼上倒垂着一个木质门罩，门罩前方，两根往下垂着的木柱顶端，被精心雕刻成了西番莲模样；虽然年久失修，但那残存的彩绘装饰，依然能让我们想象出当年的鲜碧华丽……爷爷说，北京胡同四合院是中国传统文化的宝贵遗产，应该选择其中仍保持着当年风貌的一些区域，加以保护、修葺，而我们所置身的这个四合院，就是一个特别典型的例子……

爷爷还在滔滔不绝地教我们如何欣赏四合院，奶奶招呼我们吃早点了。吃早点的时候，我才看见沙发前的茶几上放着好多张烫金的请柬，问奶奶："怎么昨天没看见呀？"奶奶说："嗨，一早你们还没起床呢，那张伯伯就让他那司机顺路给送来了。都是地坛公园庙会的请柬，据说是给贵宾的'一柬通'，开幕式拿它可以坐前排，还发泥塑礼品什么的……而且整个庙会期间都可以用，还可以免费去那什么台湾式茶寮，喝那好几十块钱一盏的冻顶茶……”

没想到爷爷忽然生了气，把筷子往饭桌上重重地一放，用批评的语气对奶奶说：“你宣扬这些个干什么？”又严肃地对我们说：“你们要去地坛庙会玩，自己买那四块钱一张票的入场券，不要拿这个什么‘一柬通’！”

铜娃一定很纳闷：一直都很慈祥的爷爷，怎么会声色俱厉起来？我心里倒还悟出了七八分。奶奶提到的那个张伯伯，原来一直管爷爷叫老师，为了当上个什么局级干部，没少往爷爷这里跑，求爷爷给他写推荐材料，爷爷虽然始终没给他写那个材料，可对他，原来还是觉得有些个能力的；没想到那张伯伯升到那个位置以后，暴露出好些个严重的缺点，爷爷对他很不满意，这都是我从爸爸和妈妈谈话里听出来的。我听爸爸说，那张伯伯特别喜欢跟原来认识的人，炫耀他坐的奥迪车如何漂亮，又如何能享受到种种一般老百姓享受不到的待遇……这不马上就到春节了吗，他让司机在接他的路上，顺便给爷爷送来这些个烫金的请柬，恐怕主要还不是为了爷爷奶奶逛庙会方便，而是为了显示他如今混得有多么滋润……

不过吃完早点以后，爷爷恢复了良好的心情。他把铜娃和我带到院门外，要给我们指点、讲解大门两边的石雕鼓形门墩，还有南房山墙上残留的拴马环……

我们刚到了门外，就看见一个外衣上套着个橘黄色帆布背心的伯伯，迎着爷爷打招呼。我和铜娃当然都知道，那橘黄色背心，是打扫街道的清洁工人的标志。爷爷一看见那伯伯，就亲热地说："老罗，你恰好打扫到我们门口哇！"那罗伯伯显然是外地来的民工，我更听出来，他是四川来的。几句话过后，爷爷跟他就索性用四川话交谈起来了。我回想起来，爸爸妈妈曾谈论过，爷爷跟一位四川来的民工，交上了朋友，常把他请到家里，喝着热茶"摆龙门阵"——就是山南海北地神聊；还常送衣服给那位民工。现在这位身上套着橘黄色背心的罗伯伯，显然就是那来自我们故乡的民工了。

只听罗伯伯说："你总算出来啰！我等你好久！"

爷爷很惊讶，责备他说："你怎么不进去啊？"

罗伯伯拍拍身上的橘黄色背心，解释说："在岗上嘛！"

爷爷忙问他："是不是有什么急事，要我帮忙？"

罗伯伯两眼笑成两弯新月，说："哪儿有总让你帮忙的道理！这回，是我要给你一样东西哩！"说着，便把手伸进贴身衣兜，曲曲折折掏出一张纸片，递给了爷爷。爷爷没戴老花镜，看不真，交给我。我认出来，那是一张窄长的门票，再细看，是地坛公园春节庙会的普通入场券，只是背面有个"赠券"的印章……我告诉了爷爷。爷爷拿回那张门票，问罗伯伯："一定是你们清洁队发的吧？你在寒风里头等我出院门，为的就是要把这张赠券送给我啊？你留着自己去逛逛嘛！你们每人发一张……"爷爷还没说完，罗伯伯叫起来："每人一张？你想得好安逸！我们八个人才五张，抓阄儿，我这手好香啊，一抓就抓着了！一张四块钱哩！……我可是巴巴地给你送来……"

当时，一瞬间里，我差点犯了天大的错误——我没等爷爷答言，就想抢着说："罗伯伯，我爷爷家，有好些张烫金的请柬，凭那‘一柬通’，连好几十块钱一盅的台湾名茶，都能白喝哩！……”多亏铜娃及时地在一旁暗暗地拉我衣袖，我的蠢话才没脱口而出；我先望望铜娃，发现他的目光全盯在爷爷脸上，便也朝爷爷脸上细看，只见爷爷实实在在地“盈眶”了……爷爷把那张入场券珍重地放到了羽绒服里面的胸兜里，拉过罗伯伯那双粗糙的大手，紧紧地握着，说：“谢谢你，老罗！我一定去……一定去……”

……后来，我和铜娃去打保龄球。去保龄球馆的路上，不由得议论起罗伯伯送票的事情来。我问铜娃：“如果把那些‘一柬通’，都送给罗伯伯，请他和他们清洁队的民工，开幕式上都去主席台，坐成一大排……你觉得那是个好主意吗？”铜娃不屑于回答我的问题，只是大步往前走，仿佛自言自语地说：“我觉得，你爷爷把罗伯伯那张票塞进胸兜里的时候，闪出了一道金光……”

打保龄球时，我和铜娃暂时忘却了别的，玩得很快活。我们实行AA制，就是两个人分摊费用，谁也不请谁。这样，两个人都更加自在。出了保龄球馆，迎面扑来寒风，满街在化雪，我俩紧紧围巾，踩着湿漉漉的路面，往前走。爷爷奶奶还要留铜娃住一晚，可是走过我爷爷奶奶他们住的那

条胡同时，我俩却并没有拐进去，因为我们已经跟冯老师打过电话，要到他家里去拜访。

冯老师也住在一条胡同里，不过，他家住的，已经不是古老的四合院，而是新盖的、六层高的居民楼了。

冯老师满头白发，他过了暑假就要退休了。不过他跟我们说过，退休以后，我们的课外文学小组，他还是要管几年的。

冯老师见了我们，高兴极了。冯师母也满头白发，不过，他们两人脸上的皱纹都不多，脸色都红扑扑的。冯老师给我们喝热腾腾的姜糖水；冯师母端出盘刚煮好的甜玉米。我们喝着、吃着，围坐一起，说说笑笑，心情大畅。

我和铜娃，你一言我一语，汇报了“盈眶班”的事；我又把带去的几篇文章递给冯老师，请他过目；铜娃更说起编杂志的事，又提到洪蓓蓓，问能不能让她，一个外校的学生，也参与我们文学小组的活动。

冯老师很快读完了我带去的文章，又递给冯师母看。他兴奋地搓着手说：“文学，本来就不应该是小圈子里的事儿。以我们的小组为核心，吸收组员们的家长、邻居，有老有少，体现出丰富的社会性，先集中创作些这样的文章，汇编起来，很有意义，也很具情趣啊！”又说：“‘盈眶班’，这个概念很新颖，很有内涵！只是，恐怕不知底里的人刚看到时，会感到迷惑不解……我倒是觉得，我们的杂志，不如就叫《善的教育》。你们都读过意大利亚米契斯的那本《爱的教育》，喜欢吧？爱与善，是相属连相渗透的，但毕竟也还各有其内涵。现在的一些儿童、少年读物，有的，我很不以为然，有的竟至于表现暴力，乃至色情，成人读物里这类东西就更多！我以为，还是应该写善，起码有一种文学，是要很认真地，也很优美地，去表现善的……”

冯师母读完了我带去的几篇文章，说：“甚得我心！你们编《善的教育》，我也投稿！而且，恰可好，我手头就有篇现成的，已经润色好几遍啦！”说着，就去拿来了她写好的那篇文章。

冯师母头几年就退休了。她写的，是关于她和外孙女的故事。

大猩猩

街角新开了个精品店。敞开的门里面花花绿绿，银光闪闪。风吹过，挂在沿街柜台上的风铃发出阵阵丁冬的响声。

其实，那店里卖的东西也并非都那么精。比如就有一只比五岁的儿童还大的玩具大猩猩，被当做商店的招幌，天天挂在外面。那大猩猩用褐色的粗呢料缝制而成，眼睛鼻子嘴巴脚爪镶着些黑色的人造革，造型略有夸张而颇滑稽。

姥姥总带着妮妮路过那个精品店，妮妮眼珠子总往店里头转，姥姥却总没带她进那店里去过。

妮妮四岁多了。妮妮懂事。妮妮知道自己为什么进不成幼儿园而只好到姥姥这儿来跟姥姥过。妮妮的爸爸妈妈都是普通的办事员，他们办的事却又跟普通人的生活无关，所以，爸爸妈妈工资少而那种叫做“外快”的东西又飞不来。爸爸妈妈没法子赞助那个幼儿园一匹摇马，所以，爸爸妈妈到头来只能把她送到姥姥这儿来。姥姥其实比幼儿园的阿姨还会讲故事，还能教妮妮用碎布头纸盒子塑料瓶自己制作好多好多的玩具。妮妮相信姥姥的话，那家精品店不是小孩和老太太去买东西的地方。可路过那家精品店时，妮妮总望着那个大猩猩。回到家她就要姥姥给她讲大猩猩的故事。姥姥就编了好多故事讲给她听，跟她一起包饺子的时候就讲大猩猩贪吃肚子疼，结果生病住到月亮医院的故事；哄她睡觉的时候，就讲大猩猩贪玩不睡觉，结果掉进井里让青蛙欺负的故事……末了妮妮总问：“大猩猩疼不疼呢？”姥姥就总说大猩猩不贪吃不贪玩很乖怎么还会疼呢？可妮妮的表情总不大容易松弛开来。姥姥也没在意。

有一天，姥姥突然宣布：“妮妮，姥姥发了点财，姥姥能给你买玩具了，你想买个什么呢？”原来姥姥的退休金根据一个什么文件的精神每月增加了5块钱，而且补发了半年，所以那个月一下子多出了35块来，姥姥愿意把那钱都用来给妮妮买玩具。

本来说是到百货公司去买，可路过那个街角时，妮妮像粘在了那儿，拎扯不动了。姥姥想了想，也就带她去那店里了。

店里有个描眉的小姐，正用美丽的包装纸给一位先生包装一样小摆设，她见姥姥牵着妮妮进来了，忙满脸堆笑地招呼：“买点好玩的吗？我们这儿有好多的玩偶哩！有刚进的蓝精灵，也有一点儿没坏，只是因为搁得久了一点，削价一半的椰菜娃娃……”

姥姥就问妮妮：“你喜欢哪一样呢？”

妮妮望望蓝精灵，望望椰菜娃娃，望望沙皮狗和绿鳄鱼，望望这个望望那个，最后却不再在店里张望，而是跑到店门外，望着那个大猩猩。

描眉的小姐送走了那位先生，笑吟吟地跟着妮妮和姥姥，对姥姥说：“原来小妹妹喜欢这个大猩猩，这大猩猩反正也挂旧了，我就贱卖了吧——原价200，我120就卖，120，等于白送啊……买吗？买，我就把它放下来……”

妮妮不等姥姥表态便跳着脚拍着手嚷：“放下来放下来！快点放下来！”

姥姥慌了，忍不住拍了妮妮一下：“别呀别呀……”姥姥兜里一共只有40块钱，只打算花35块买玩具，120！姥姥想也不敢想。这孩子也太贪心了！

……姥姥牵着妮妮，硬把她往回家的路上拉。妮妮不甘心，还拼命扭回头去望那大猩猩。描眉小姐站在大猩猩身旁撇嘴。

妮妮大哭。姥姥急了。姥姥绷着脸问：“你怎么了？你变得不是妮妮了。我不认得你了！”

妮妮抽抽噎噎。

姥姥问：“那大猩猩有什么好？那么贵！你干吗非要那大猩猩？”

妮妮抽抽噎噎地说。说得好认真。说得好吃力。

姥姥忽然听明白了。

妮妮是说，那大猩猩的两只胳臂，总那么给捆起来，吊着，大猩猩一定很疼很疼，大猩猩哪天才能不吊着，给放下来呢？咱们买下它，让它跟咱们回家吧！

姥姥听明白了以后，就蹲下来，一把搂住了妮妮，搂得紧紧的。

姥姥用自己的脸，紧贴着妮妮湿漉漉的小脸蛋。

姥姥就在心里责备自己，怎么见天走过来走过去的，也总是看见那大猩猩，就没心疼过它呢？就因为那是个假的吗？

……姥姥带妮妮回到家，用大钥匙打开柜子，用小钥匙打开柜里的抽屉，用双手取出个旧的皮包，打开它，从里头取出个手绢包，打开手绢包，从里面数出了好多张钞票……然后，姥姥又带着妮妮到了那街角的精品店，用120块钱，买下了那个大猩猩；妮妮简直抱不住它，说实在的，姥姥抱着也感到吃力。

姥姥对收了钱还在吃惊的描眉小姐说："以后，任凭什么玩偶，只要是模仿生命的，你就别再把它们捆着吊着，别让它们痛苦！"

描眉小姐开始有点莫名其妙。心想我要不捆着吊着那大猩猩你还舍不得买它哩！可当那一老一小互相帮助着抱走大猩猩以后，她一边抠着指甲上的蔻丹，一边也浮出个

淡淡的念头：是呀，捆着吊着，究竟不好看啊，怎么以前就没感觉出来呢？

头并头地看完了冯师母的文章，我和铜娃坐回原来的姿势以后，不禁互相对望了一眼；我们虽然都还没盈眶，可是，各自的眼波，都明白无误地显示出，我们心里都荡漾着感动的涟漪。

铜娃说："冯师母这篇《大猩猩》，越往深里想，越有味道。"

我问："妮妮她那么小，怎么就会有那样一种善的情怀呢？"

冯老师说："我想，一是人的天性里，也许就有那善的种子；另外，恐怕也是家庭熏陶的结果。在这件具体的事情里，妮妮哭着要大猩猩，姥姥没弄明白时，还说不认得她了——从文章的写法来说，是设置了一个悬念：这平时很懂事的孩子，一下子怎么变样了啊？——但事情闹明白以后，文章里虽然没写——也不用画蛇添足地写出来——读者也能意会到，那妮妮的姥姥，还有别的长辈，平时对她的心灵，一定是有潜移默化的影响……"

冯师母笑着说："这里头可没写明，妮妮除了姥姥，还有哪位长辈；难道添上个姥爷，就不画蛇添足了吗？"

冯老师说："妮妮姥爷究竟怎么样，倒可以暂时置之不论。可是我还留着妮妮她妈妈上大学时，在他们学校《春之声》文学社的刊物上发表的一篇短文，那倒能说明一些个问题。"说着，他就去找来了那本油印的刊物。

我和铜娃又头并头地读妮妮妈妈当年写的那篇文章。

为他人默默许愿

小时候，邻居潘姥姥的嘴很瘪，妈妈让我把刚刚蒸好的蜂糕送去给她吃，她高兴得不得了，可是吃那糕以前，她把糕上的红枣都抠了下来，让我很吃惊。后来听妈妈说，如果潘姥姥有钱安上假牙，她就可以像我一样享受红枣的美味了。那时我就默默许愿：等我长大挣钱，一定给潘姥姥安上假牙。但是不久我们就搬走了，几年以后传来潘姥姥去世的消息，妈妈叹息时，我在一旁呆想：她怎么也不等我长大，就死了呢?

上小学的时候，教唱歌的老师是个很爱笑的少女，她的笑声像鸟叫一样，我一听她笑就想到翠绿的竹林；可是有一天她来上课时完全没有笑容，眼睛泪汪汪的，后来她好久没来上课，换了一个很厉害的男老师。偶然里听说，她是因为失恋，自杀未遂，不再当老师了。我心里非常难过，便默默许愿：等我哥哥长大，一定让哥哥爱她娶她，当我的嫂嫂。可是我还没有上完小学，有一天就在大街上看见她，挽着一个很强壮的男子，满脸放光，还发出我熟悉的小鸟般的笑声……

中学毕业时，联欢会上，有人建议每人说说自己的职业理想，有一个同学说他要当舞蹈家，立即引出哄堂大笑，他也笑，确实很好笑，因为他是个罗圈腿；但是我知道他心里真有那个想法，便在心里为他默默许愿：将来他就能当个舞蹈家！很久以后，在一场精彩的舞蹈晚会结束时，我到后台去看他，我告诉他当年曾默默为他许愿，他双手合十，感动地对我说："怪不得我终于和舞蹈结下了不解之缘！你的祝愿，也是冥冥中托举我向上的力量之一！"他现在是一位著名的舞蹈服装设计师。

少女时代，我常常为他人默默许愿，现在进入了成年期，我也还没丢失这颗童心。我很少得以还愿，而且我许的愿，未必是他人所渴求的，有时甚至还可能与他人内心所想的不同，但我珍惜自己的这一份心意。在为他人默默许愿的一瞬间，我的心灵必是美好的、纯洁的、向上的，至少在那一瞬间，无愧在世为人，并相信我置身其中的人类，因有这种最原始、最朦胧、最浅显的情愫，才得以绵延至今。

我不知除慈爱的父母以外，可曾有他人为我默默地许过愿。我在生活中，是否已经过多地揣想他人对我的恶意，而渐渐失却了对这世界存在良善的想象力？也许，他人曾有过对我的默愿，大大超过了我所默愿的次数和力度？……不管怎么样，我只有珍惜自己那一份尚未泯灭的为他人默默许愿的情愫，才能使自己的生命更有意义。

唯愿自己始终能自然而然地，在一个瞬间，为他人默默许愿……

我和铜娃看完那篇印在纸张已经发脆的学生刊物上的文章，又交换了一回眼神：除了感动，也都为文章的短小精悍而赞叹。

冯老师说："这是比较典型的散文。你们拿来的，还有刚才以妮妮小时候经历为素材所写的《大猩猩》，从体裁上说，都是小说的写法，可以算是一些根据个人亲身经历，写出来的几篇小小说吧！"

正说着，一只黑白花的长毛波斯猫跳到了冯老师腿上，仿佛它也想参加谈话。冯老师便爱抚地给它捋顺毛。忽然又有猫叫，我们扭头一看，在里屋门口，还蹲着一只黄白花的锦毛大猫，它似乎在观察我和铜娃，琢磨我们是不是对它友善。

冯师母便对冯老师说："你不是刚在晚报副刊上，发了篇跟这两只猫有关的小小说吗？何不拿给奇奇他们看看？"

冯老师说："只是，从立意上，那恐怕归纳不到《善的教育》上吧？我写的，嘿嘿，是人性那恶的一面啊！"

我和铜娃就都说："快拿来，我们想看！"

冯师母就拿来两张前些天的晚报，递给我们一人一张。只见冯老师写的是：

鳝鱼李

我家养了两只猫。原来喂它们鸡肝和小鱼，它们总是吃得很香。后来，有一回老伴的猫友告诉她，应该喂些鳝鱼骨头给它们吃，具体做法是：用带血丝的新鲜鳝鱼骨煮汤，煮得酽酽的，使鳝鱼骨变酥，然后拌一点米饭；据说吃了鳝鱼骨，猫的毛色将更鲜美，而且四肢有力，嬉戏起来更妩媚。老伴对猫向来是恪守“鞠躬尽瘁、死而后已”的八字方针，闻讯后自然立即付诸执行。

离我们家三站路，才有大型的农贸市场，那里的水产棚里，有一位个体户专卖鳝鱼，他的几只大木盆里，总养着许多不断蠕动的粗细不一的黄鳝，有的似乎眼看就要蹿出木盆，但不管多忙，他总是在关键的一霎，用手把那非分的鳝鱼捋回木盆。他代客宰杀鳝鱼，动作十分麻利，把鳝鱼头往案板的钉子上一挂，捋直那蛇一样的身子，用手那么一拉，偶尔也用一把尖刀辅助，很快便将血淋淋的鳝肉抓进薄薄的塑料袋里，交给顾客，那剔出的鳝鱼骨，他随手扔进脚下一个铝盆里。

据老伴的猫友说，他那喂猫的鳝鱼骨，是向他家附近农贸市场的卖鳝鱼者讨来的，因为那骨头留着无用，有人讨去，还省得他收摊时端到垃圾站去倒掉。

那天我老伴去农贸市场讨鳝鱼骨，却遭到了拒绝。

卖鳝鱼的老板说：“你买我的鳝鱼，我给你宰了，剔出骨头来，自然都给你！”

这本来也没什么，可老伴偏先买了一条大鲤鱼——我们平时都不吃鳝鱼，因为我们都怕蛇，而鳝鱼的形态实在太像蛇了。

老伴正犹豫中，旁边就有一位跟那老板熟识的顾客发话了：“我说鳝鱼李，你这就怪了——我可知道，你为了省事儿，每天让那‘轴儿’来给你打扫现场，包括给你倒那一大盆的鳝鱼骨头，你不是每月为这个还给他 3 块钱吗？……”

老伴就说：“是呀，既然这样，你白给我一点，怎么就不行呢？”

那鳝鱼李下巴一扬：“你要它干什么呀？你大鲤鱼都买得起，还要用它煮汤喝吗？”

旁边的顾客就说：“怕是治病吧？”

老伴却老老实实地说：“我是想拿去喂猫，听说猫吃了有好处……”

那鳝鱼李眼珠一转，说：“行呀，你给两毛钱，我给你抓一把！”

老伴便欲掏零钱，旁边就有人说：“别给他！要不，您等一会儿把钱给‘轴儿’吧，让‘轴儿’给您装一口袋！”

鳝鱼李却说：“别想，打今儿个起，我还不让‘轴儿’端盆儿了哩！”

周围便响起一片议论声、讥笑声、起哄声，老伴欲抽身走掉，但爱猫之心，又让她犹豫起来，给那鳝鱼李两毛钱算了！

这时有人高声叫：“轴儿！”

于是老伴就看见走来一个瘦弱的残疾人，因为一条腿萎缩，走起路来身子打偏摇晃，确实令人不禁有“轴儿”的联想。

没等“轴儿”走拢，鳝鱼李就对他吆喝道：“‘轴儿’！今儿个不要你倒盆了，你去吧！”

那“轴儿”莫名其妙，张开嘴巴合不拢……

老伴回到家来还在生气，她说现在怎么有这号商人！一点人性也没有！又说我们的猫其实何必吃那鳝鱼！又后

悔自己多事——要没她去讨鳝鱼骨这么一出戏，“轴儿”就不至于每月损失三元钱的收入！

后来，有一天我和老伴去那农贸市场采购，我说偏要去看看那鳝鱼李的嘴脸，老伴说你要去你去，我是再不愿看见他——老伴就在水产棚外等我，我进去很快就看到了鳝鱼李，据实说，他长得挺气派的，对买他鳝鱼的顾客，脸也笑得挺圆。忽然，我看见他那案子上立的纸牌所标的价码，最后一行赫然是：“猫食鳝骨——0.3 元一斤……”

出来我把所见报告给老伴，老伴撇嘴说：“我就不信他能发大财！”

可是鳝鱼李偏发了不小的财——最近，我们住的那条街上，出现了一家粤菜馆，门面不算大，装潢却相当豪华，那菜馆的名字，不叫别的，就叫“鳝鱼李粤菜馆”。有一天傍晚，我们还看见一个残疾人从那菜馆侧门提着垃圾桶出来，老伴忧伤地告诉我，那便是“轴儿”。

看完了，铜娃先议论说：“真不错。短短的篇幅里，就写出了三个人物。那个‘轴儿’，着墨不多，给人留下的印象倒挺深的。”

我说：“鳝鱼李这个人物，见钱眼开，缺乏善心，作者鞭挞他，可以说是暴露人性恶吧；可是，作者本身的叙述语调里，还是在扬善……我特别欣赏那最后一句，又特别是‘忧伤地’这个状语，如果去掉，味道就出不来了……”

冯师母笑着对冯老师说：“你可算是遇上知音了！”

冯老师一边抚爱着大猫，一边乐呵呵地说：“毕竟我们文学小组没有白活动啊！青出于蓝而胜于蓝嘛……”

我便说：“这篇《鳝鱼李》，咱们的《善的教育》杂志完全可以转载！这也是一种角度嘛！”

铜娃说：“应该尽快把咱们的这些想法，在返校日的文学小组活动前，就通知小组的所有成员……”

冯老师说：“好好好！我这儿有通讯录，差不多家家都有电话，你们就在我这儿，把电话都打了吧……”

我们没在冯老师家打电话，冯老师和冯师母热情地留我们吃午饭，我们也辞谢了。给文学小组的成员挨个儿打一通电话，会大大增加冯老师家的电话费用，那不合适，不如在爷爷家完成这桩任务。到冯老师家以前，我就和铜娃商量好了，中午去吃兰州拉面。

从冯老师家告辞出来，我们一路议论着，走过了“麦当劳”和“肯德基”快餐店，拐了两次弯，来到了一家兰州拉面馆。自从上了中学，我们对“麦当劳”的汉堡包和“肯德基”的炸鸡块的兴趣都大大地减退了。

大碗的兰州拉面，热乎乎地，散发着一种最质朴的香气。我和铜娃吃得津津有味。那是一家只有六张桌子的小面馆。小面馆里，质量不高的音响设备，放送着一首老掉牙的台湾“小虎队”唱的歌。“小虎队”的歌风靡大陆，是我们刚上小学时候的事。记得大概是上三年级的时候，春节晚会上，赵丽蓉奶奶还学着“小虎队”的模样，唱了那首要配合唱词不断打哑语的《爱》。后来在学校的联欢会上，我和铜娃，还有马遥遥，一起正儿八经地“粉墨登场”，当众又蹦又跳地表演了那首《爱》……“小虎队”的三位歌手，后来出了他们最后一个专辑《再见》，便各奔东西了。现在流行着另外的歌手另外的一些新歌。这本来是桩无所谓的事，对不对？这家面馆，一定是因为舍不得置备新的录音带，又不想冷场，所以因陋就简，随手拿这样一盘录音带来播放。这似乎就更是一桩无所谓的事了。但不知怎么搞的，当音响里传出了小学时代所熟悉的那首《放心去飞》的歌声：

终于还是走到了这一天，
要奔向各自的世界；
没人能取代记忆中的你，
和那段青春岁月。
一路我们曾携手并肩，
用汗和泪写下永远；
拿欢笑荣耀换一句誓言：
夜夜在梦里相约……
放心去飞，勇敢地去追，
追一切我们未完成的梦；
放心去飞，勇敢地去追，
说好了，这一次不掉眼泪……

我的心，仿佛被一根手指，不轻不重地挠拨了一下，竟浮想联翩起来……分手，记忆，梦里相约，去飞，去追……我倏地理解了，为什么姑父送给爷爷的那本《旧京大观》，会令他热泪盈眶……而“说好了，这一次不掉眼泪”这句歌词，以前听在耳里很是麻木，甚至还觉得有些滑稽——哪儿来的那么多“自来水儿”——此刻，却似乎是噙了个金橘在嘴里，滋味越来越浓酽……我停住筷子，凝神听完那首歌，不禁问铜娃：“嘿，你有马遥遥的消息吗？”

铜娃也在那里凝神，被我一唤，才回过神来，他反问我：“谁？谁的消息？”

我大声说：“马遥遥！怎么，你忘啦？”

他这才回应我说：“啊，马遥遥……你怎么忽然想起了他来？……自从他爸他妈离了婚，两不管，不是就让他姑奶奶接到丰台去了吗？”

我忽然觉得马遥遥很不幸，这是我原来从未出现过的念头。是的，这个世界上，有些人比我不幸……即使我帮不上他们什么忙，仅仅是知道这一点，是不是也很重要呢？……

铜娃吃完了他的面，问我：“你在胡思乱想些什么？”

我反问他：“你在胡思乱想些什么呢？”

他说：“从昨天开始，听过、看过……有几篇？……八篇文章了吧……确实，思的想的，多起来了！……我刚才主要是在琢磨，我该为咱们的《善的教

育》，写些什么……”原来，他竟没怎么去听那“小虎队”的歌；我们俩这样对话时，那音响也暂停了，我便也不再提起那首《放心去飞》，只是多少有点惆怅、有点忧伤地默想：终于会有那一天吗？我和铜娃，也还是要各奔东西？……

回到爷爷他们院里时，已经是下午了。我和铜娃轮流打电话，基本上把我们文学小组的成员都找到了，在电话里沟通得相当充分，他们都答应在春节前的返校日，小组活动时，至少带上一篇切合《善的教育》的文章去；并且都表示一定要在春节后，开学前，就大家动手，将整本杂志“合龙”，让它一开学，就出现在阅览室的展示架上，供全校师生们自由翻阅。

后来，有客人来拜访爷爷，为了不干扰他们交谈，我们就去了洪蓓蓓家。洪蓓蓓一个人在家，她听说我们文学小组欢迎她这个“外来人”介入，很高兴。铜娃一进她家，就发现她家的钢琴上方挂着一张明星照片，那显然不是从画报上裁下来的，不是“追星族”的行为。从跟那照片并列的几幅照片里的人物，不难猜出，那眼下正当红的明星，是蓓蓓家的近亲——我想起来，曾听妈妈提起过，那是蓓蓓的小姨。

铜娃凑前细看照片，判断出来，那确实是最近天天在电视黄金时段里播出的连续剧里露面的红星，不由得“嗬”了一声，但“嗬”完也没问什么。蓓蓓就主动对我们说：“我小姨，其实她5年前，不是我夸张——差点儿灰飞烟灭了！”铜娃这才问：“为什么？”我也好奇：“能跟我们说说吗？”

蓓蓓就转身去拿来了两张纸，递给我们说：“你们自己看吧。这是小姨自己根据她的真实经历写的。”

我们轮流看。原来用的是书信体。

玫瑰为你开

来信

真不好意思。别见怪。因为咱们这两座楼是按同一图纸盖的，所以我觉得我算出的单元和门号准没错儿。不知您的姓名，就冒昧地用了“月季花主”的称呼。您要生气了，就撕了别往下看吧。据说咱们这号楼俗称“西班牙式三爪楼”，咱们都住在18层，我住的这个“爪儿”恰好对着您住的“爪儿”，从我卧室的这个窗户，望出去恰好是您的阳台。我天天不知往您阳台上望多少遍。您别犯疑，我没歹心，我下身高位瘫痪一年了，我的床铺靠窗户支着，每天早上家里人上班之前，把我扶到被子垛上倚着，我的乐趣，就是往窗户外头望。您家阳台上的四盆月季，上个月开得有多艳啊！一盆浅红的，一盆雪白的，都还平常，那一盆淡紫的，朵儿那么大，开足了活像要从枝子上飞出去，微风一过颤颤巍巍的，我觉得她有话要跟我说呢！还有那盆艳红的，那红色儿我简直形容不来，说是像红缎子剪出来扎出来的吧，可缎子哪儿来的那股水灵气儿呢？真格的，您别乐，我爱上您阳台上的四盆月季了！……

读到这里，我很不得要领。蓓蓓的小姨高位截瘫过？那怎么可能……现在她在银幕荧屏上可是活蹦乱跳

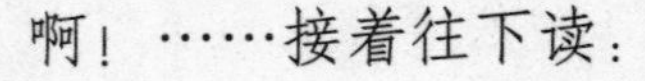

啊！……接着往下读：

……可这两天我失魂落魄的，因为不知道为什么，您阳台上的四盆月季全都消失了，光剩下光秃秃的阳台栏板。是月季病了吗？还是您都搬进去了？瞧，昨儿个为这事一夜没睡好，所以胆大妄为地写了这封信，让家里人到您楼下搁进您的信箱里，也不指望得着回信。据说我们这号病人的脾气都有点怪。您就只当是遇上了个怪人吧。

这封“来信”，真是个闷葫芦。这就是“差一点灰飞烟灭”的情景吗？

接着，读那封“回信”：

回　信

您得着这信以前，已经瞅见了吧，我家阳台上又摆上了花。那不是月季，是玫瑰哩！淡紫的这一盆，品种最名贵，我给她取了个雅名儿：“霓裳仙子”；另外几盆也都有名儿，不过，您还是自已给她们取您可心的名儿吧，因为您对她们的爱心，大大地超过了我呢！

前几天怎么阳台上空了呢？不瞒您说，我遇上了糟心的事儿！

您可能见过我，平时到阳台上给这几盆花儿浇水、上肥、剪枝、喷药，都是我啊；有时候我一边干活还一边哼歌儿，您也该朦朦胧胧听见过？我可没见过您，因为我没朝您那窗户里望过，再说因为外明内暗，就是望也望不清的；但我想象中您该是一位慈祥的长辈，我这么个年纪会遇上哪门子糟心事，凭您的经验您是不难掐算的。……

读到这儿，恍然大悟——这个写回信的，才该是蓓蓓的小姨啊！但究竟是怎么一回事呢？把它读完：

……说真的。前些天我灰心透了，一气之下，我打算把这几盆花掐了拔了扔了，因为留下她们只会唤起我痛苦的联想！只是因为她们开得正圆，临到下手时我心软了，就把她们扔到楼道垃圾倾倒口边上。偏巧这时候收到了您的信，谢谢您啊！您的信照亮了我的生活，起码是在眼下。现在四盆玫瑰正在阳台上为您开放，而您给予我的无形的鲜花，也正开放在我的心中。先写这么多，也不打算就此去拜访您——因为日子还长着哩，您说是吗？

读完，我在心里琢磨，究竟蓓蓓的小姨遇上了什么糟心事呢？那四盆美丽的玫瑰怎么就会唤起她痛苦的联想

呢？那会是些什么样的联想呢？……

铜娃读完，似乎没有我那么多的困惑，他赞赏地说：“真好！事情其实很简单，可是用这样的手法来表现，巧妙、新颖。也许，生活中本来就真有这么两封信？”

蓓蓓说：“生活里的真实情况好像是，来信是有的，那位身残心不残的伯伯，以他那热爱生活的顽强精神，打动了小姨；后来小姨恢复了阳台上的玫瑰，去拜访了那位伯伯……后来他们就一直保持着联系……但是，用一封回信来体现她心中的感悟，确实像铜娃说的，比较含蓄，也比较……怎么说呢？更有文学味儿吧！”

我点头说：“对。这其实也是写善：用自己生命的火光，去照亮别人差点暗淡下去的生命之光……”铜娃接过去说：“最后互相照亮……这玫瑰不仅为他们而开，也为每一个读这文章的人开放……这要也能收入到咱们的杂志里，就好了！”

蓓蓓笑说：“那可得征得她同意，有个著作权问题呢！我可以问问她，她会答应的！不过，起码两个月之内，咱们可找不到她——为拍一部新戏，她去云贵高原那边了！”

我就故意说：“哎呀，咱们的杂志，原来还指望着有她的文章在里头，能起个明星效应呢！”

蓓蓓就说：“嗨，明星是怎么明亮起来，升到空中成为一颗星的？还不是因为有许多普普通通的人，用双手托举了他们！我今天上午倒用小姨的经历写了一篇，不知道能不能收进杂志里，产生出一些个效应？”

我和铜娃就都拍掌笑道：“就等着你这位文学新星升空啦！”

蓓蓓写的是：

姑娘，这儿坐坐

那一天真糟糕透顶。她是根据摄制组寄发的通知去试镜头的。通知上注明，请自带一件符合角色职业教养、性格气质及应试的那场戏情境的上衣，以便试镜头时穿用。为准备这件上衣，她费尽了心机和气力。然而竟有这样的事发生——都走到摄影棚边上了，肯定是神使鬼差，她扯开提包的拉链，提包里显现出的不是那千辛万苦准备好的那件上衣，而是大姐的外套！

走廊里的暖气顿时显得奇热，摄影棚的两扇大门被两个面孔潮红的姑娘撞开，伴随着一阵不知是愧悔还是欢呼的喧哗，气浪和声浪一并朝她扑来；一些“圈内人”或从她身后绕向前去，或朝她走来并灵敏地从她身后绕过，她竟不识趣地只是站在走廊中发呆，全身毛孔似乎都钻出了尖刺般的汗来。

在大姐家中，大姐一再地为她“助威”。大姐当年也曾做过银灿灿的演员梦，但后来却成为了一名教画法几何的副教授。大姐知道她那天必吃不下鸡鸭鱼肉，但万万不可缺少热量，所以特地为她准备了一个以巧克力为主原料的“拿破仑蛋糕”。兴奋中她为大姐表演了导演指定的那段戏，表演完了脱下自备的戏装，挂到了衣架上——没想到临出发前又来了几个中学时的同学，她们可真是消息灵通，有的搂着她脖子跳脚，有的用拳头砸她的脊背，仿佛她已经上定了银幕，弄得她飘飘然、昏昏然，要不是大姐抬高嗓门提醒她已到预定的出发时间，她非“误场”不可——但慌乱中她竟取错了衣衫，因为二者的颜色完全相同！

……她以“视死如归”的气概推开了摄影棚的门。没有人迎上来招呼她或斥责她。她觉得摄影棚里完全没有秩序。光区里有些人在试镜头，络腮胡子的导演在嚷着什么，而光区外有人站着，有人坐着，有人走动，地上是些长蛇般的电缆线……她紧紧地攥着装错衣衫的提包，冷静地意识到，机会之门又一次对她訇然闭拢。

忽然，有一个亲切的声音：“姑娘，这儿坐坐……”她一偏头，是个穿着一身蓝布工作服的大嫂，两眼正同情地然而也饱含鼓励地望着她；她随大嫂所指坐到了一只显然是暂时不用的道具木桶上，坐定后她又同大嫂的目光对接了一次，她感到大嫂在说：“这没什么，我见多了，你放心去试好了……”

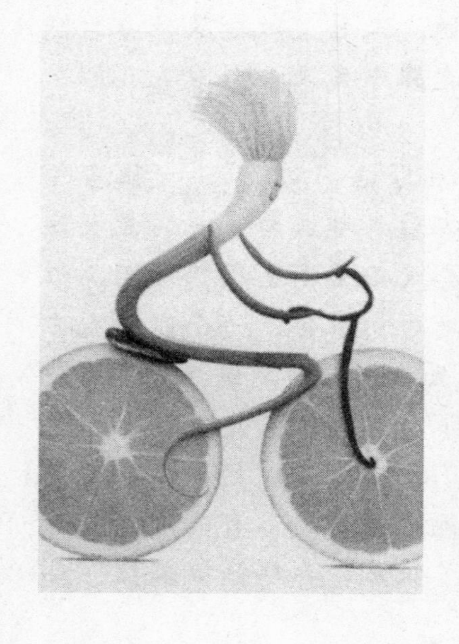

她竟被录用了。穿着大姐的那件外套，她击败了十三个对手。影片放映后她一炮打红。时下，她已是导演们盯着、评论家们捧着、出现在公众场合必被包围的明星之一。她永远感念那位大嫂——道具组的临时工。影片未开拍大嫂就不见了，据说是家里有了病人，辞掉工作回家去了。

前两天她去出版社交书

稿，这本《我的帆》是出版社追着她约写的。当编辑送她出来时，她看见一位清洁工大嫂正把一位搂着一摞书稿的姑娘引到墙边的长椅上，仿佛正在亲切地说："姑娘，这儿坐坐……"

正是那位大嫂！她忽然觉得她的书稿应当取回修改，她的"头一回成功"真没什么好"挖掘"的，而可敬的大嫂对"头一回"者自然而朴素的慰藉，才是真正值得"挖掘"的"深沉"！

我和铜娃正要议论蓓蓓的文章，忽然听见院里传来邢阿姨开心大笑的声音，不由得和蓓蓓一起出门去看。只见院里昨天堆出的雪人，已经大大地"减肥"，周围化出了一汪水。前院黎伯伯的双胞胎孙子对对和双双——两个四岁的男孩，站在那雪人旁边，好像在拌嘴。邢阿姨呢，则对着院里走动着的人们大声地说："哈哈哈……对对双双好有趣！……这天气，一会儿西北风推磨似的，一会儿又露出太阳，所以呀，对对就说，这雪人在院子里头，一定冻得慌，他说，要把雪人请到他爷爷屋里，暖和暖和；双双不同意，双双说，雪人是觉得热呢，他说，要把雪人请到他爷爷的大冰箱里，到了那儿雪人就不会流水儿啦……哈哈哈，你们说，对对双双哪个的主意对啊？……"院里听见这话的大人，就都停下脚步，朝对对双双那儿注目，眼里露出欣赏的笑意……我和铜娃、蓓蓓，听了这话，看到对对双双天真而真挚的表情，不禁互相交换眼色：善意是无处不在的啊！……

晚上爷爷奶奶提起这件事，奶奶说："难得的是，现在的孩子们生活得这么好，心里还存着一份对不幸的人的同情心……自古以来，拿诗歌来说，好多都是咏叹苦命人的不幸，唤起人们的善良之心的……”说着，她就想起了两千年前汉朝的那首乐府诗《孤儿行》：

孤儿行，孤儿遇生，命独当苦。
父母在时，乘坚车，驾驷马。
父母已去，兄嫂令我行贾。
南到九江，东到齐与鲁。
腊月来归，不敢自言苦。
头多虮虱，面目多尘。
大兄言办饭，大嫂言视马……

我刚赞叹：“奶奶，您记性真好！……”奶奶忽然摸着鬓角，自责地说：“你看，一打岔，就接不下去了……”爷爷说：“底下，是说那孤儿被狠心的兄嫂驱使，到很远的地方去打水，被蒺藜刺破了小腿肚子……”奶奶就说：“你记得，你接着往下背。”爷爷说：“我只记得，那孤儿说：不如早去，下从地下黄泉……”奶奶拍一下脑门说：“想起底下的了……”她接着背出：

春气动，草萌芽，三月蚕桑，六月收瓜。
将是瓜车，来到还家。
瓜车反覆，助我者少，啖瓜者多。
愿还我蒂，兄与嫂严，独且急归，当兴校计。
……愿欲寄尺书，将与地下父母：兄嫂难与久居！

爷爷说：“现在奇奇他们往下的孩子，几乎都是独生子女，‘兄嫂难与久居’这类的痛苦，以后怕不会再有了。”

铜娃说：“可是我们有的同学，父母离婚了，又都不管他，也跟孤儿差不多……恐怕也挺痛苦的啊。”

我立刻又想起了马遥遥。他那丰台的姑奶奶，对他好不好呢？……

铜娃又说：“诗里孤儿的那装瓜的车翻了，帮助他的人少，抢瓜去吃的反而很多……弄得他向周围的人苦苦哀求，请他们吃了瓜以后，把瓜蒂还给他，好拿去给他兄嫂看，当个证明……这情节很生动，听了挺揪心的……奇怪，这诗，怎么着也有两千年了吧，除了个别的词儿，都一听就能懂呢！……”

奶奶说：“是老百姓的诗嘛。几千年来，同情不幸的人，形成了个传统嘛。善良，本是代代相传的呀！”

爷爷说：“善的传统，中外都源远流长啊！不过，善的内涵是很丰富的，也不仅是同情心、帮助人什么的……我倒也想到了一首诗，不过不是中国诗，是一个美国诗人，19世纪的，叫朗费罗，他有首《乡下铁匠》，非常好！……”说着，他去书房里找出了一本《朗费罗诗选》，戴上老花镜，翻到那一首，缓缓地踱来踱去，朗诵起来：

一棵栗树枝叶伸张，
　乡下铁匠铺靠在树旁；
铁匠是个有力气的汉子，
　一双手又大又粗壮；
他那胳臂上的青筋
　结实得像铁链一样。

他鬈曲的头发又黑又长，
　脸色像树皮一样焦黄；
额上淌着老实人的汗水，
　他取得能够得到的报偿，
他敢睁大眼睛来看全世界，
　因为他不欠任何人的账。

一个星期又一星期，从早上到晚上，
　你听见他那轰鸣的风箱；
你听见他抡起笨重的铁锤，
　有节奏地、慢慢地敲响，
像守钟人敲动乡村的晚钟，
　当夕阳渐渐沉向西方。
……

劳苦，——快乐，——悲伤，
　他行进在人生的路上；
每个早晨看见他开始干活，
　每个黄昏看见他收场；
有些工作起了个头，有些干完了，
挣来一夜的酣畅。

谢谢你，我可敬的朋友，
　谢谢你的教益和榜样！
在人生的熊熊炉火里，
　我们的命运也要经过锤炼；
在那轰鸣的大铁砧上，铸成了

火花四射的事业和思想。

爷爷朗诵完了，我和铜娃不由得鼓起掌来。

爷爷放下诗集，坐下，呷了一口奶奶递过去的茶，对我们说：“诚实劳动，过朴素的生活，这也是善良，而且，可能是最值得称道的一种善良！”

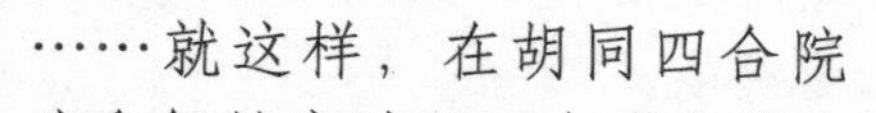

……就这样，在胡同四合院里，我和铜娃度过了两个难忘的夜晚。

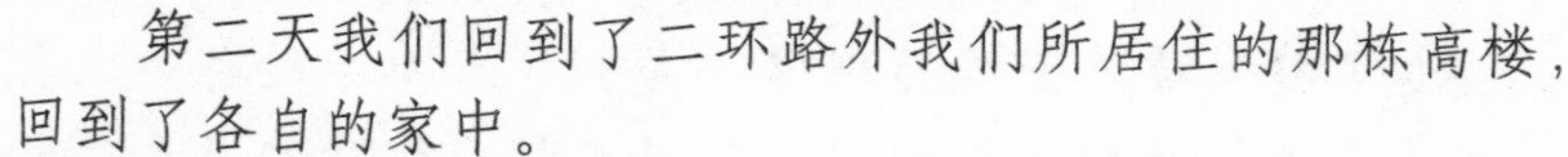

第二天我们回到了二环路外我们所居住的那栋高楼，回到了各自的家中。

春节越来越近了。节日的气氛越来越浓。

返校日到了。我们文学小组欢聚在学校图书馆的书库里。我们四周都是装得满满的书架，身边氤氲着书香。大家坐着折叠椅，簇拥着蔼然可亲的冯老师。

大家先七嘴八舌地报告着自己这些天来看见、听见的新鲜事，后来冯老师让我和铜娃讲了编一期《善的教育》的缘起和倡议，他又作了补充和总结；接着我又把已经征集来的文章的打印稿分发给大家传看，传看中时时有人笑，有人发出感叹，有人沉思，有的三三两两展开着讨论……

传看完了，冯老师说：“好，该‘八仙过海’啦！”

文学小组的成员，都带来了自己给《善的教育》的文章。于是，真的“八仙过海，各显其能”了。

陈雅枫说：“我先来念，这篇素材是我舅舅那儿来的，他是外地的一个邮递员。”于是大家洗耳恭听：

望　眼

曹立新骑着邮政绿车子进入了那个新居民区。这两天高考放榜。像北京等地，规矩是由中学统一接收录取通知书，考生一律到学校看榜。他们这个城市却没这么个统一的规矩，所以他深知车前那大绿兜子里的录取通知书，把分散各楼的收信人的心牵得有多么紧。

居民区的幢幢新楼面貌相仿。有的楼还没住满。有的楼设有传达室，里头住的多半是同一个单位的住户，把邮件一总交给传达室就行了。但许多楼大概住的是各不相干的散户，没人一总负责收转，你就得面对楼门里蜂巢般的联体信箱，耐心地把信件按房号一一塞进相应的信箱里去。那信箱口实在秀气，有时候邮件过大，塞不进去，曹立新便只好交给电梯里的值班员代转，有的值班员挺热情，有的冷淡而畏难，也有个别的干脆拒绝："这可不行，万一人家说没接到该有的东西，赖我弄丢了，了得？"那也是。所以局里投递组没人愿意揽这新区的活儿。曹立新是老投递了，派上了他，没拒绝。核桃得用硬牙咬，他眼看奔五十了的人了，无论嘴里的牙还是心里的牙，都没那么股子狠劲了，咬起这新区投递的"核桃"来，还真费劲。往这儿寄的汇款单、挂号件，逐日增加。开头，他不嫌烦，凡没传达室收转的，一律送上门，没电梯的楼，五、六层的住户他先扯开嗓子嚷，没人应，便上搂去，可有时你气喘吁吁地叫门，久久不开，可见里头没人，便只好下回再说；更堵心的是，里头的人从“猫眼”研究你半天，终于把门打开了一条缝，那最初的眼神就仿佛你是个打劫的贼……后来他实在伺候不起，不便递交的汇款单和挂号信及厚重邮件，就一律填通知单，请受件户拿证件到邮局去认领；这又引出某些受件户的投诉，一封寄往市局转到他们局的投诉信上头，用了“好逸恶劳”这个词儿，让他心头好多天堵满了酸涩的委屈。

但是，曹立新还是日复一日地蹬车到这新居民区送信。这两天他是颇受欢迎的人。有的考生，包括家长，伫立楼门遥望，一见他的身影便迎上来，满脸期待或焦急……当他把大学录取通知书递到他们手中时，有的一瞥封皮上的校名，便高兴得蹦起来；有的拆开后却似乎不大乐意，他懂，那是因为录取学校或专业非最盼望者，这时他便在心里说：知足吧！还有人落榜呢……

有个头天没得着通知书的姑娘，迎他迎到了楼外的绿地边上，一张脸胀成了“西红柿”，他马上刹车，取出外地一所大学寄来的通知书，递给她，笑说：“昨天我怎么说的？该是你的，早晚到你手上！”那姑娘只顾用颤抖的手拆封，都忘了跟他道声谢……

来到七号楼。这楼最难办。既无传达室，也无电梯。一楼的住户绝不揽别人的事。楼里还住着个著名的作家，他单独有个特制的大邮箱，箱口开在上方，很长，也相当宽，为的是可以把大开本的杂志顺利地塞进去。曹立新在楼门外支住车，一抬头，那作家正往外走，一身名牌休闲服，他便马上把一大摞邮件递上，笑说："都是您的！"作家随口道谢，接过草草检阅一通，说："我有个活动，马上得走……麻烦你给我塞进邮箱……"但又拣出一张领取邮包的通知单，皱皱眉说："怎么又让去局里领？来回总得一小时，我一小时能写一千字了！以后这种情况你就都给我送来！……"曹立新没出声，心说以后我也还得给您放待领通知单，因为您忘啦？前两个月我带来一包寄给您的书，您家的门敲不开，邻居不愿转，我只好给您搁信箱上头放着，后来您收是收着了，可给局里打了"抗议"电话……

作家去参加他那意义非凡的活动了。曹立新望望他的背影。其实，那作家当年跟他一个兵团，常见面，而且，当时作家也叫立新，是许多改掉原来名字发誓"破旧立新"的一代人中的一员……对方当然不会记得他，他其实也早把这个立新忘了，只是后来从报刊上看到照片与简介，到这幢楼这个门送信后当面对号，这才"啊呀"恍悟，果然是他！现在作家不仅有了一个极雅极响的笔名，也拥有了他不能去与之比较的种种……他从未想过跟作家套个近乎："当年咱们在兵团……"

曹立新先把作家的邮件遵嘱塞妥，然后便往联体信箱中给一些住户塞信，有的住户的信箱用锁锁定，有的却并不加锁。602室有封信，是大学寄来的，薄薄的，九成是录取通知书……可是，602室没人在楼门等信，信箱也没加锁，这……他略一犹豫，还是把那信搁进了里头。

曹立新下班回了家。妻子和女儿还都没回家。他家住在小巷杂院里。他钻进极狭窄的小厨房煮饭。饭煮好了，女儿先回来了。女儿还跟往日一样。可他却总怕跟女儿目光相对。他偏过头摆放折叠桌。他17岁去兵团,28岁才回城,30岁才娶媳妇。他1978年也参加过停顿十年才“恢复”的高考，他落榜了。记得语文试卷上有道题，让解释“望眼欲穿”，明明是对大学望眼欲穿的他，那时竟答不出来！当售货员的妻子和他后来便把“大学梦”寄托到女儿身上，然而，头年女儿中考没能考上正规高中，上了服务学校，他望眼……别朝大学望啦！他现在只是把一封又一封的录取通知书送到别人手中。不过，让别人的“望眼”变成“笑眼”或喜极而泣的“泪眼”，确实也让他心头有种清溪幽幽淌过的感觉……

他和女儿先吃。漫不经心地说些普普通通的话。忽然刮起了风，还挟着些稀疏而肥大的雨点。窗扇咣当响。他忽然想到了那封信，那封给602室的信，说不定那家的姑娘还是小子望眼欲穿地盼着那封信，可是那封信让他给搁在没加锁的信箱里了，风说不定会吹开那信箱的小门，有时贼风会拐弯儿，有股子掏摸劲儿……那，人家的望眼，不就会真地望穿了么？那楼里不仅住着作家，也会住着些最一般的人，最一般的人往往会遭受最一般的损失，因为一般来说没人给他们提供最一般以外的服务……

他心里仿佛爬着越来越多而且越来越大的蚂蚁。终于，他跟女儿说，他要出去一趟。他推着自行车出院门时，正碰上妻子回家。她问：“你这是哪儿去？”他说：“我马上回来。”他骑上车猛蹬，听见妻子在身后喊：“你疯啦？

就要下大雨了，你怎么不套个雨披？”

雨点砸在他头上。他心里只有一个执拗的念头，到那七号楼去，到那个门里看602室的信箱，如果信还在，他便取出，登楼送到那家；如果信没了，他也要上楼问个究竟……

陈雅枫念完了，赵恒问他：“你写的那个作家是谁呀？”苗莉莉责备赵恒：“人家写的是小说，你干吗总惦着对号入座哩！我想，那是为了突出主题，虚构出来的，对不对？”说完望着陈雅枫，陈雅枫只是微笑，既不点头也不摇头。我就说：“关键是写出了曹立新的美好心灵。到底初三的水平，就是比我们高！心理描写很细腻！”

冯老师问：“该谁啦？”

一时都沉默。

冯老师笑了：“又不是搞比赛！我是最反对搞文学比赛的！大家不要有谁比谁写得好的心理，只要是真实的，向善的，从心里流出来的文字，就是拙一点，也没关系……”

铜娃就打破沉默，挺直腰板说：“我的，文笔肯定比前面的都拙，可这确实是用心写的——倒也是第三人称，主人公是我大表哥。”他就念关于他大表哥的故事：

别人的姑妈

“张世兴！有人找！”

张世兴从宿舍里出来，筒子楼楼道里黑乎乎的，看不清对面来的人的脸庞。

“哈！‘铁杵子’！连我都认不出来啦！不欢迎呀！”

“啊！金国栋呀！哪阵风把你给吹到这儿来了？”

张世兴和金国栋是高中时候的同学。高中毕业后他们再没见过面。现在张世兴已经从工业大学毕业，分配到这个工厂当技术员，住在单身宿舍楼里。

正好同宿舍的另两位技术员不在，张世兴和金国栋坐在一起敞开了聊。说起“铁杵子”这个外号，大学里和工厂里的同伴们都是不知道的，那是高中时英语老师一句话引起来的——不知怎么的，张世兴的英语口语就是不行，说起来总带有老家辽宁的口音，英语老师有一回忍不住说他：“张世兴呀张世兴，你这铁杵我怎么也磨不成绣花针——赶明儿你跟外国人对话，你就说你那是‘辽宁英语’吧！”引得同学们一阵哄堂大笑，并落下了“铁杵子”的外号。但张世兴考大学时趋利避弊——他报考工科，英语只靠笔答，分数不低，考取了第一志愿。他在大学时也没有加入“托福派”（准备靠“托福”出国留学），毕业后分配到这家工厂他挺心满意足。金国栋高中时英语是最棒的，考大学时直奔对外经贸大学，没想到名落孙山。但金国栋告诉“铁杵子”。他现在混得满不错，在一家外贸公司公关部做事，经常出入大部门、大饭店。听说“铁杆子”连卡拉OK歌厅都没进过，他便保证下回来约“铁杆子”去城里最豪华的卡拉OK歌厅，并请他吃最高档的“水果山德”。

张世兴用罐装啤酒招待着金国栋，金国栋聊着聊着忽然面有忧戚之色，唉声叹气起来。张世兴便问：“怎么啦？你有什么糟心事？”金国栋说：“是为我姑妈的事。你大概不知道，我是她打小带大的……可她是个家庭妇女，看病得自费……最近她胆囊炎越来越厉害，有时疼得满床打滚！医生让赶紧动手术，可算了一下，起码得两千块钱才对付得过去……唉，都怪我前一段大手大脚，现在手头竟没有钱了……倒有两个定期存折，要半年后才到期……不是我狠心啊，如今只好让姑妈先用药压一压再说……“

“那怎么成呢？……”“铁杆子”心中生出无限的同情。

金国栋脸上现出害臊的神色，呷了一大口啤酒，抹抹嘴说：“我来你这儿，说实在不过是撞撞大运，这年头，谁顾谁呢？我知道你现在挣的不多……唉，我不会再胡花乱用啦，半年后，我一准还你！”

张世兴便毫不犹豫地蹲下身，从自己床铺底下，拖出了自己唯一的箱子，打开锁，取出攒下的两千块钱，递到金国栋手中。

他们亲亲热热地分了手。一个月过去，两个月过去，半年过去，九个月过去……张世兴偶尔会想起这件事，他祈望金国栋的姑妈手术成功，不再痛苦；每逢在报纸上看到跟胆囊炎沾边的文章，甚至于广告，他都不由得要多瞟几眼……一年过去，金国栋却再无踪影和音讯；张世兴按金国栋留下的名片上的号码拨过去电话，一个录音的声音平静地宣布：“对不起，没有这个电话号码。”又按名片上的地址写了信，过些时候原信退回，贴在信封上的签条上写着“查无此人”。“铁杵子”张世兴这才意识到，自己在人生途程中，头一回遭了骗！

但是，直到现在，深夜扪心自问，张世兴并不怎么懊悔。丢钱固然痛心，但他没有丢失自己对别人的姑妈（无论真假）那一片率真的同情……

铜娃刚落音，赵恒就嚷了起来：“张世兴应该去报案啊！怎么能饶了那个骗子金国栋呢？”

周曙霞说：“这篇文章的主题不是抓骗子，是肯定一个人心中朴素的善意……”

赵恒说：“骗子专骗善人！可不能善良到这个地步！”

薛小明问铜娃：“你大表哥后来报案了吗？”

铜娃说：“好像没有。他没提起过。他说起这件事，真的不懊悔。他说，吃一堑，长一智，以后要提防骗子。可是，在生活当中，你往往不可能对求援者的情况，进行周密的调查，所以，在自己能力所及的条件下，即使再遇上‘别人的姑妈’需要帮助这样的事，也还首先要保持一种同情的本能……”

赵恒态度激烈起来：“那不成了滥充好人了吗？咱们都学过的……那《农夫和蛇》的寓言，还有《东郭先生》……你不报案，那金国栋逍遥法外，他就会继续去骗别的人，那，你岂不是起了个包庇的作用！”

铜娃受不了这样尖锐的挑剔，生气地说：“你不要污蔑我大表哥！”

大家就有的劝，有的参与争论，一时沸沸扬扬，好不热闹。

我就提高嗓门说：“咱们听听冯老师的意见吧！”

大家安静下来。冯老师说：“一篇文章，能引出争论，这非常好。从文章本身来说，它的任务，已经完成，读者、听众，都会对骗子产生痛恨——因为他竟利用别人心中最美好的情愫，来骗取钱财，这太可恶了！也都会对张世兴那颗善良的心，理解，并赞赏。你们现在争论的，是文章以外的问题。赵恒能提出这个问题，很好。文学有时候，很单纯；而生活，是复杂的，有个词——诡谲莫测——你们可以查查字典，琢磨一下它那丰富的含义。在生活中做一个既善良，而又不被恶人施害的好人，确实不是一件简单、容易的事。赵恒希望好人能挺身而出，制服恶人，这是对的。但具体问题要具体分析。金国栋骗张世兴的时候，旁边没有另外可以作证的人，而且也没有留下借条，所以若去报案，缺乏真凭实据，我想这也许是铜娃大表哥没有那样处理这件事的具体原因。赵恒不该抬杠，硬说受骗者是包庇骗子的人！”

一番话说得大家心服口服。赵恒爽快地给铜娃道歉：“我不对，你别生气！”铜娃笑了：“我态度也不好！咱们该争论还是要争论……”我接过去说：“只是都要心平气和，别脸红脖子粗的……”大家都友善地笑了起来。

苗莉莉在大家的笑声中说：“我来念一篇。巧了，也是个大表哥。不过，我这篇，是我大表哥自己写的，写他对我大姑妈的感情。他这篇文章在晚报上发表过，我建议咱们转载，问过他，他也同意——只是不知道符不符合咱们刊物的宗旨？”大家便说：“你只管念，听听总是好的！”她就念道：

金顶针

我确实是头一回买金戒指。您问我什么心情？那您先猜……

您全猜错了。我认为没有单纯的“头一回”，就像那边摆着的镂雕象牙球一样，里头有好几个层次。十年前，那时候我上初二，放学以后跟几个“哥儿们”在农贸市场边上抽烟，不巧让班主任老师看见了，他不仅当场批评了我们一顿，还让我们回去告诉家长，请家长第二天下班以后到他办公室一趟，当时在场的同学有的满不在乎，有的表情沮丧，我呢？是强作镇静。

回到家里以后，我心里很不好受。我是头一回抽烟。平时我在班主任老师眼里该是个比较老实的学生，可那天我头一回在他心里丢了份儿。我面临着班主任老师头一回因为我犯错误而约请我妈去学校的局面。最要命的是我面临着一个痛苦的抉择：或者“贪污”下班主任老师的约请，

不告诉我妈，这等于头一回跟我妈撒谎；或者硬着头皮把这祸事告诉我妈，让我妈伤心。那一年我才15岁，人生就在一个傍晚压给我那么多个“头一回”！

那时我爸爸患癌症去世已3年。我妈是单位的出纳，她每天至少过手几万元的现钞，有时甚至有上百万的钞票会在很短的时间里从她手指间流过，可她领回家的钱仅够维持我们娘儿俩过一种不愁温饱的素淡生活。那天我到家很久以后我妈才下班回来。我埋头做功课。我妈照例先过来问我在学校里怎么样，我像往常那样回答她“留的作业又特多”！她照例系上围裙去弄我俩的晚饭……

那晚开饭时我惊讶地发现有一盘鱼香肉丝——那是往常有客人来的时候才会出现的菜。那晚的紫菜汤也特别可口。妈妈随口问些学校里的事，我告诉她歌咏比赛我们班得了年级第二名，下周的运动会我报名跳高。我当然不想把那桩糟心事告诉给她。

我洗完碗筷后发现妈妈正往一个玻璃罐里放虾酥糖——自从我上中学以后那个罐子就总空着。她对我说：“你上学的时候揣上两三块。上学下学的路上，你可以吃点零食。”我更不想向她宣布那可恶的约请了。

直到我要上床的时候，我才从我妈的眼睛里感觉到了一种与往日不同的目光，她问我："你就睡了吗？"我含混地点点头，钻进了被窝。结果我头一回失眠。我闭着眼，可我听到我妈的声息，那不像是在准备上床睡觉。我心里像有小虫子在咬。终于我睁开眼望过去，我望见我妈的一双手，在缓慢地用针线给我钉衣裳上掉落的纽扣，她手指上的铜顶针，在电灯下闪着光；我把目光向上移动，结果同我妈的目光对接，我感到有一个闪电发生……

我坐起来，跟我妈说了。我妈过来，搂过我的头，我这才知道，班主任老师已经往单位给我妈打过电话。

我现在已经大学毕业，并且已经在一家中外合资企业工作了两年。我买这个戒指既不是给自己也不是给女朋友，而是给我妈。我永远记得那晚她手上的顶针。可惜没有金顶针卖，我只好买这个形状的——您说错了，这不是报答，对母亲的这种抚育是无从报答的，这只是一个纪念——那一晚我头一回使她非常伤心而又非常宽慰，她头一回使我愧疚难眠而又痛下决心……

苗莉莉念完，一时竟鸦雀无声。苗莉莉怯生生地问："是不是……他写的只是爱，母爱和爱母……不符合咱们写善的要求了呢？"

周曙霞用手绢揩揩眼角说："哎，干吗钻牛角尖？……我心里好感动……"

我说："有个词儿叫'胶柱鼓瑟'——这么好的文章，为什么在切不切题的问题上绞死理儿呢？咱们可不能犯那个胶柱鼓瑟的毛病……"

冯老师说："其实，爱心和善心，密不可分，善由爱而来，善又能增爱……中国有这样的古话：老吾老以及人之老，幼吾幼以及人之幼；所谓尊老爱幼，怜贫助弱，路遇不平，见义勇为，是最本原的善。我们现在已经有了十多篇文章，仿佛打开了一把折扇，从各种角度诠释着善，相当的丰富多彩了，但像这样从最本原的角度写善的文章，应该是折扇的轴……”

读到这儿，你会问：后来怎么样？你们的刊物出到第几期了？除了那篇引出这些个事态的《有没有“盈眶班”？》，你又写了些什么？能不能借你们的《善的教育》杂志看看？……

其实，《善的教育》第一期，你等于已经看全了；而且，我们热切地期盼着你的参与，你会同我们共鸣的，对吗？

我是你的朋友

1．给你看张照片

要说我是你的朋友，你该摆手了——又没见过面，怎么会是朋友呢！

嘿，那还不好办，就算咱俩没机会见面，把我的照片给你瞧瞧，你不就认识我啦？

不过，我照过好多照片，给你瞧哪张好呢？

当然，最省事的办法是把开学前照的“一寸免冠相”拿一张给你，从那张照片上，你不难看出来，我脸庞儿圆圆的，两只大眼睛也圆圆的；还有那一对耳朵，大人都说是“招风耳”，各是一个半圆，合起来不也是圆圆的吗？不过，我鼻子头不那么圆，人家说像个蒜头！嘴呢，人家说我是个大嘴岔——怎么样，对我长得啥模样，你心里有点谱儿了吧？

可是，我可不甘心就给你这么张“一寸免冠相”，靠这样的照片认人那也不保险。我们院的方伯伯照出“一寸免冠相”来神气着呢，可他是个架双拐的残疾人。所以要想知道一个人究竟啥模样，最好还是拿出张全身照片来。

可是，我手头没有全身照片，只好挑出一张我比较满意的半身照片给你先瞧瞧吧（向你说明一下，我身体各部分都是很健全的）。这张照片是在北海公园里拍的。

谈起照这张相的经过呀，还有段故事呢。

那是去年暑假快结束的时候，有一天，表哥王立东来找我，带我一块到北海公园去照相。表哥比我大5岁，都

该上高中了，他迷上了照相。暑假里，三天两头挎着姑爹的照相机，兜里揣本什么《简明摄影知识》，满世界地去照。照完了自个儿冲，自个儿放大，嘿，看上去张张都满不错呢！

跟表哥去北海公园，我一路想，这回可得让表哥给我照几张“够份儿”的！

那天北海公园人不算多，灰蓝的湖水漾着微微的波浪，知了在绿树丛里起劲地唱着，月季花在花圃里神气地开放；琼岛上的白塔，照例鼓着肚子、伸长脖子矗立在那里；一队队的喜鹊吱吱喳喳地从林阴道上飞过去，准是在做什么有趣的游戏。

表哥要我在亭子前头照一张，我把手摇成个小扇子；表哥又要给我在花圃边照一张，我更把头摇成个拨浪鼓——我可是个四年级的男子汉，干吗跟那花花草草照在一块儿！

“那你要照张啥样的呢？”表哥问我。

“照张特冲的！”我脑子里立即涌现出不少电影镜头：李向阳拿着双枪朝鬼子开火；登山队员戴着遮光墨镜向高峰登攀；邓世昌握住舵轮驾驶军舰……忽然，我看见了在湖栏杆边随风摆荡的垂柳——对了，干脆让表哥给我拍张“英勇的侦察兵”吧！于是我蹦蹦跳跳地跑了过去，一边对表哥嚷：“嘿，在这儿给我照吧——我这就化个装！”

表哥跟了过去，在我身后十来步停了下来，他拿着照相机一个劲儿地摆弄，又是取景，又是对距离，又是考虑光圈与速度怎么搭配；我呢，就撅下了一条柳枝，开始盘“伪装圈”，好扣到头上化装成侦察兵。

盘呀，盘不拢，看来我撅的柳枝还不够长，也不够多。正当我伸手再去撅柳枝时，忽然响起了一个声音：

“唷，柳树多疼呀！”

我转脸一看，哟，敢情是个不认识的年轻阿姨！她穿着件苹果绿的“的确良”衬衣，又黑又浓的短发上别着个蓝得发亮的环形发卡，长圆的脸庞上，眉毛挺粗，眼睛像两弯月亮，正笑吟吟地望着我呢。

我的手还在撅柳树枝，嘴里说：“柳树知道什么疼不疼呀！”

“柳树枝就好比是柳树的头发，愣往下拔能不疼吗？要是有人揪着你头发愣往下拔，你不疼呀？”

“那怎么着！我还跑理发馆去理发呢——头发长了就得往下剪剪，我撅点柳条儿，就跟给柳树理发一样……”

我赌气地跟她抬上了杠，没想到她并不生气，反而仰起脖子咯咯咯地笑开了，笑完又望着我说：“还挺有理呢！你撅这柳条儿，是为了编个‘伪装圈’吧？”

嗬，她还挺在行！我点下头说：“可不，侦察兵撅点柳条儿，为的是保卫祖国呀，柳树要懂事儿，准没意见！”

阿姨又笑了，看来，她没把我当成个坏孩子。可是，她还是不支持我，耐心地对我说：“这儿是公园，公园的柳树是让游人看的，不能随便撅柳条儿，要是大伙儿都随便来撅，公园的花草树木全都秃了头，那看上去还像个公园吗？”

说的也是。可我就有那么个臭毛病，心里知道错了，嘴上也还得犟几句，于是就强词夺理地说："反正我这是个特殊情况，哪会大伙儿都到公园来当侦察兵呢？……"

正说着，表哥走拢来了，他把我手里的柳枝拿过去扔到一边，对那阿姨说："行啦行啦，我们不装侦察兵就是啦！"

表哥带我另外找地方拍照。我还是一肚子别扭，直到走上一座用带窟窿的大石头垒成的山坡，我才又鼓起了照相的劲头来。

这回，我决心爬到顶上头，作出个登山运动员的姿势来——嘿，这张相可不比"侦察兵"次，你瞧着吧！

谁知，我刚往石头上爬，又响起了那个阿姨的声音，"嘿，小心摔着！"

我扭过脸就冲她火了："你怎么回事儿呀？盯上我啦？我招你惹你啦？"

她倒还是乐呵呵的，一点也不上火地说："我就不能当个侦察兵吗？我担心你还得违反公园规定，所以跟着过来啦！"

"我偏往上爬！"

“这儿挂的牌子你没看见呀——‘禁止攀登山石’。”

“我是登山运动员，能禁止攀登珠穆朗玛峰吗？”

“登山运动员头一条就是得遵守纪律呀。”

“反正我要爬上去！”

“你爬不好会摔成罗锅的！”

“摔出个锅来我背着，跟你有啥关系呀？”

“你这小鬼，从小要懂得遵守公共秩序啊！”

表哥见我俩又抬上了杠，便跑过来，把我从山石边连拉带说地劝开了。表哥说领我到少先队水电站那儿照去，还要让我摆出个水电工程师的姿势来。

我可不乐意。谁见过水电工程师啥模样呀？我还是愿意摆个打仗的姿势。对了，干脆我化装成个海军军官吧！我揭下了表哥头上的帽子，那不过是顶蓝布的鸭舌帽，可是我有我的办法。我把帽檐上的摁扣儿揪开，把帽子前头使劲地提得耸起来；为了使效果好一点，我又从裤兜里找出张《中国少年报》来，折成圆饼形状，搁进了帽子里，使劲地往下按，想让表哥的帽子更接近海军军官的大盖儿帽。正在这时，我又听见了那阿姨的声音——

“哈！”

抬眼一瞧，可不，真是她，脸上的笑容更多，一双手交叉在胸前，站在我身旁，两眼闪着跟我捉迷藏似的那么一种光，嘴角有点忍不住地往上弯。

“我又怎么啦？”这回我的气可生大了，我扭了下身子说：“你怎么又找碴儿来啦？”

“你那是什么帽子呀？”她用下巴颏指指我头上那“大盖儿帽”，咯咯地笑着说：“杂技团里‘快活的炊事员’戴的吧？”

“你懂个啥？”我气鼓鼓地告诉她，“这是海军军官的大盖儿帽！”

“我给你顶真的吧——喏！”说着，她用右手从身后书包里猛地拽出了一顶帽子来，啊呀，果真是一顶真正的海军军官帽：绷得又圆又平的“大盖儿”，缀着亮闪闪的红五星，还有又黑又亮的大帽檐儿……

“这——”我一下子被弄得目瞪口呆。

“快戴上，照相吧！”她忍不住笑得更凶了，我这才觉得，她的笑声挺顺耳的，充满了好意。我这也才看见，在几十步远的一棵马缨花树下，长椅上坐着个没戴帽子的海军军官叔叔，正笑眯眯地朝我们这边看呢……啊，我明白啦！

于是，我就接过帽子戴上，让表哥给我照了一张相——这就是我现在要给你看的照片。

把帽子还给她的时候，我红着脸，小声说了句：“谢谢您！”

她高兴地拍了拍我的肩膀，说：“你这照片洗出来，可得送我一张呀！”

“唉呀，”我为难了，“到时候我可到哪儿找你去呀？”

“不用找，”她笑着说，“咱们过几天就要天天在一起啦！”

这是怎么回事啊？

阿姨把谜底揭开了：“我是新调到你们学校去的老师，开学以后就教你们四年级二班。放假前我去报到的时候，看见过你，你不是叫袁远近吗？远在天边的‘远’，近在眼前的‘近’，对不？”

呀，原来眼前是我们的新老师啊！我一下子不好意思起来。

“袁远近，我姓吕，以后你就叫我吕老师吧！”

"吕老师！"我抬起头，用新的眼光打量着她。

要想知道吕老师后来怎么教我们，你就等着看下一段吧！

2．错的表扬，对的批评，为啥？

在我们院里，跟我一个年级的还有谭小波和高山菊。

这天吃完晚饭，我拿着算术作业跑去找谭小波。

"嘿！第五题你做出来了吗？"

谭小波比我大3个月，是个"锛儿头"。就是说，他脑门子比我们都大、都鼓，据说这种人最聪明；也真是这样，他做算术题，不管那题多难，总能比我们更快地算出来，答数还准对。所以，碰见做不出题来的时候，我就跑去问他。

谭小波正趴在桌上，聚精会神地做题呢，一绺［liǔ］头发挂到"锛儿头"上，瞧上去真有点像张乐平爷爷画出来的三毛！

我跑过去就扒拉他的肩膀："嘿，第五题该怎么做呀？把你做的给我'参考参考'吧！"

谭小波不慌不忙地抬起头来，对我说："我正检查呢，答数没准儿不对。你再多想想不好吗？急啥呢？"

我用作业本使劲儿拍拍脑门："唉呀，我脑袋瓜都快想裂了，愣想不出来呀，就借我抄一遍吧！"

谭小波犹豫地说："吕老师今天不是又说了吗？——做不出题来，只许让人家启发启发，不许照着抄一遍；我

给你讲讲吧……"

我把作业本扔到桌上，两手摇着他肩膀央告："行啦行啦，我把那条'墨龙睛'送给你，还不成吗？"

谭小波不由得斜眼瞧了一下窗台上的鱼缸。他那鱼缸里只有两条不起眼的小红鱼，而我家的鱼缸里光是"墨龙睛"就有4条，他早就向我要过，我一直舍不得给他；现在，谭小波肯定动心啦……

没想到，谭小波咽了口唾沫，把眼光从鱼缸收回来，还是说，"我给你讲讲吧，保险让你开窍……"

我可真着急了，指指他家小床柜上的座钟说："七点半都过啦，电视开演半天啦，你不想看《瓦尔特保卫萨拉热窝》呀？"

"看！当然看啦！"谭小波也立刻着起急来，我知道他看电影最怕没看上开头。《瓦尔特保卫萨拉热窝》我俩一次都没看过呢，他哪舍得错过开头呀？

于是，谭小波就把自己的作业本推给了我，我赶紧三下五除二地抄了一遍；抄完了，我俩赶紧跑到高山菊家去。那阵子，我们院就她家有一架14吋的电视机。

别看高山菊是个女同学，她跟我们可没啥两样，也顶喜欢看有点惊险味道的电影；在院里玩打仗的游戏，她还常常争着当侦察员呢。可是，咦，古怪！她也明明知道今晚的电视里有《瓦尔特保卫萨拉热窝》，可怎么不把电视机打开呢？

高山菊一个人在家。她趴在里屋书桌上，已经按亮了台灯，两根小细辫子向上翘着，显然，那道令人苦恼的第五题也难住了她。

“别傻做啦！”我跑过去把她桌上的书本一推，大声地嚷：“开电视机吧！瓦尔特没准都打上法西斯啦！”

“你干吗，你！”高山菊蹦起来，一边整理着书本一边埋怨我：“人家还没做完第五题呢！”

“哪，现成的！”我把自己的作业本扔到她面前，“先把电视机打开，咱们看完你再抄一遍，不就结啦？”

“就不！”高山菊把我的作业本推到一边，咚咚咚迈步走到外屋电视机前，咔嗒打开电视机，又调整了一下天线——啊，还没演《瓦尔特保卫萨拉热窝》呢；她不等我和谭小波坐下，又咚咚咚回到里屋，“乓”地一声关拢了里屋的门，显然，是接着抠那道难题去了。

我和谭小波坐下来看上了《世界各地》。嗬，真带劲儿！高山菊真是死心眼儿，他们家的电视，她倒咬着牙不看，非去抠那道招人讨厌的第五题，你说她有多傻！

过了一阵，《瓦尔特保卫萨拉热窝》正式开演了。我忙跑向里屋，要去通知高山菊。嘿，里屋的那扇门竟推不开，她在里面给别上了！

我就敲着门上的玻璃冲她嚷："瓦尔特！瓦尔特开始啦！"

只见她那两根翘起的小辫倔里倔气地晃了晃，还是埋头算那一点儿也不讨人喜欢的第五题。

直到电影演到小一半了，她才打开里屋的门出来，深呼吸一下，扬起脸说："可做出来啦！"

我和谭小波都顾不上跟她说话，因为电影正演到了紧张的节骨眼上。我俩坐在那儿，伸长脖子，直愣愣地盯着荧光屏……

下半截可看不舒服了，因为高山菊一个劲儿地问：这是谁呀？这是怎么回事呀？原来是怎么着的呀？怎么忽然又出来这么个人呀？……你瞧瞧，谁让她不打头上看起呢！

第二天，我们的作业本都交了上去。第三天，作业本发了下来。我和高山菊同桌，她那第五题旁打着个红叉子，我那第五题旁可打着个红对钩。

我对她说："瞧，牺牲了大半个电影，换了个大叉子，多不合算呀？"

她咬着嘴唇，白了我一眼，啥也没说。

可是，没想到，下午放了学，吕老师把我俩一块叫到办公室里去了，她一点儿不像开玩笑地说："你们的算术作业，我调查过啦。高山菊应该表扬，袁远近应该批评……"

我不服气了："为啥错的受表扬，对的反倒挨批评呢？”

吕老师把两个作业本翻开，摊在一起，先指着高山菊做的第五题分析说：“她虽然答数错了，可看得出是自己一步一步动脑筋做出来的。答数的小数点后面搞错了当然不好，可这种在难题面前刻苦钻研的精神，我看值得表扬。”接着又指着我那第5题说，“你这作业看上去是对的，可我打听出来了，你这是照抄别人的，根本没动脑筋。这种在难题面前当逃兵、投机取巧的表现，难道不该批评吗？”

我没词儿了，只感觉脸上有点儿发烧；奇怪，高山菊得了表扬，为啥脸也红得像樱桃一般呢？

只见高山菊难过地说：“吕老师，不管怎么说，我的答数不对呀……”

这以后，在院里再玩打仗的游戏，我只能心甘情愿地把侦察员让给高山菊当了。

3．最后一支飞镖

我们大院门外，有一棵老粗老大的槐树。夏天到了，满树的绿叶子当中，开出一层一层白里透着嫩黄的槐花。风儿吹过去，嗯，你皱着鼻子深吸一口气吧，一股子含着水气的香味儿，能一直钻进你的心窝窝，别提有多舒服了！

这天放了学，顾不得把书包送回家，我、谭小波、高山菊，还有隔壁院比我们低一年级、外号叫“炒豆儿”的，就在这大槐树底下玩起来了。

你猜我们怎么玩？嘿，可真带劲儿——我们一人叠了支纸飞镖，轮流瞄准大槐树上的槐花，一、二、三！把飞镖用橡皮筋弹出去，看谁的飞镖能把槐花打下来——打下来的槐花，我们就叫它“伞兵”。

开头，我们分成两拨，进行“对抗赛”。谭小波和高山菊一头。说实在的，谭小波倒没啥威力，让人怵头的是高山菊——她的飞镖叠得棱是棱、角是角，还用一根曲别针，挺巧妙地别在飞镖尖上；瞧吧，又该她弹飞镖了，她晃晃小细辫儿，两脚轻轻蹦跶着，身子朝后一仰，右手随着腰上使出的劲儿，猛地朝上一弹，只见雪白的飞镖稳稳地朝一簇槐花射去——“叭！”谭小波刚叫出这么一嗓子，一些个槐花便落了下来。

真把我和“炒豆儿”气得肚皮里头咕咕叫！我都废了三张图画纸了，可叠出来的飞镖还是不灵，不是飞出去没有劲儿，就是东斜西晃不稳定；“炒豆儿”学着高山菊的样儿，也找了个曲别针别在他那支蓝色的飞镖头上，一边投一边嚷着：“嘿嘿，我的飞镖真叫帅！嘿嘿，我的飞镖真叫灵！”(他就是因为总喜欢哇啦哇啦嚷，跟在锅里炒豆儿似的让人耳朵不得闲，所以得了这么个外号。)可赛了半天，人家那头一共有 34 个“伞兵”飘下来，我们这头呢，才飘下 9 个……

玩了一阵，高山菊说：“撤退吧！还得做作业呢！”她从槐树根那儿拿走了她的书包，进院里去了。

又玩了一阵，谭小波说：“肚子饿了，还得帮我妈做饭呢。”他也从槐树根那儿拿走了书包，进院里去了。

我和“炒豆儿”接着玩。我又先后从图画本上撕下了三张纸，叠成了第四号、第五号、第六号飞镖。“战斗”的结果，是第四号栽进了路边的积水里，第五号飞进了对面的院墙内，第六号在我迎上去接住时，不小心撕破了翅膀——还玩不玩呢？我已经废了六张纸了，再撕，图画本就不像本子啦！

“炒豆儿”像是看出了我的心思，他跳着脚在我身旁转圈儿，尖声唱着：“蓬蓬蓬，爆炸了！叭叭叭，中弹啦！嗷嗷嗷，害怕啦！……”

“我才没害怕呢！”气得我一跺脚，从书包里拽出图画本——嗤啦——又撕下一张纸来。

我的这支新飞镖可争气啦，赛了几回，我降下的“伞兵”就到 41 这个数了，只比“炒豆儿”少 3 个。

正玩着呢，一只大手拍在我肩膀上，我扭头一看，原来是宋大哥。

宋大哥家在胡同中间，离我们院有七个门。他是南城一个工厂的吊车工，皮肤黑黑的，膀大腰圆，头年区里职工业余摔跤比赛，他得过第二名。胡同里的男孩子，谁不佩服他呀！

我和“炒豆儿”立刻粘住了宋大哥。“炒豆儿”搂住了宋大哥的粗胳膊，宋大哥轻轻一抬胳膊，“炒豆儿”就悬空了，他使劲乱踢着双脚，高兴地嚷了起来：“坐飞机啰！坐飞机啰！”

宋大哥一只胳膊上吊着“炒豆儿”，另一只胳膊还扶着自行车呢。我跳到自行车座子上坐下来，问：“宋大哥，有什么战斗任务，下命令吧！”

宋大哥把“炒豆儿”降落到地上，腾出左手，从衬衣胸兜里掏出张叠了两叠的纸来，递到我手中说：“‘鸡毛信’！方大姐让我捎给方大伯的，你快送进去吧！”

方伯伯住在我们后院，前头跟你讲过，他双腿残废，是个退休工人。方大姐是他的大女儿，跟宋大哥一个厂。她是个技术员，都结了婚，有小娃娃了，住在前三门大街新修的12层高楼的9楼上头。方大姐每星期四休息，每星期三晚上，方伯伯都要驾着手摇自动轮椅，到方大姐那儿去，第二天玩一天，第三天早上再回来。当然，方伯伯上9楼你不用担心——有电梯呢！

宋大哥给我交待完任务，伸过粗大的食指刮刮我的鼻子说：“别傻玩儿了，送完信，好好做功课！”

我跳下自行车，脚后跟使劲儿一并，行了个军礼说：“保证完成任务！”

可是，宋大哥刚骑上自行车走开，“炒豆儿”就拉住我说：“嘿，再玩一盘！最后一盘！”

我摸摸后脑勺，狠狠地把下巴一点说：“成！最后一盘就最后一盘！”

唉！这一盘我又失败了，“炒豆儿”的“伞兵”增加到了49个，我呢，一个也没降下来。还是41个！

那不成，我可不乐意输了散，接茬儿玩！

天色渐渐暗了下来，不时有下班的大人走进院门。

说实在的，我也真想回家去了。万一我爸我妈下班回来，见着我书包撂在大槐树下，满脸汗道子，跟“炒豆儿”这么昏玩，准饶不了我。可是“炒豆儿”降落的“伞兵”数目总比我多，真让我不服气。所以，我就安慰自己说：这是最后一支飞镖了，等这支飞镖“牺牲”了，不管输赢，我准能一扭身跑回家去……

你说这是怎么搞的？我越急着要赢“炒豆儿”，越赢不了；我越想保护飞镖，飞镖坏得越快……嗤啦、嗤啦、嗤啦——图画本被我撕得精光；我和“炒豆儿”一次又一次地嚷着、蹦着、投着……我眼里只有飞镖、“伞兵”和“炒豆儿”一张一合的嘴巴。就这样又玩了半天，我的“伞兵”还是没有“炒豆儿”的多！

又一支飞镖栽坏了，再拿什么叠飞镖呢？我傻眼儿了。这时，“炒豆儿”就用一只腿在我身边蹦来蹦去地叫着：“举手投降！举手投降！你举手投降咱们就散！”

举手投降？我才不干呢！我咬着嘴唇，两手在衣兜、裤兜里乱摸，不知不觉地就摸到了衣兜里叠了两叠的纸条。我想也没想，就把它掏出来叠成了一支飞镖，使劲儿地朝大槐树投了过去……

这真正的最后一支飞镖，冲向了大槐树，冲到了一个树杈上，碰下来一整串“伞兵”，我高兴得拍着手欢呼起来。可是，这支飞镖却卡到了树杈上，没有随着落下来。

“啊，你妈妈回来啦！”不知道是我妈妈的身影真的出现在胡同口，还是“炒豆儿”不愿意我计算降下的“伞兵”数目，反正他尖叫了这么一嗓子以后，我就一把抓起书包，跑回院里。

回到家，我气喘吁吁地坐到桌旁，掏出书本和铅笔盒刚想做出个做作业的模样，果然，妈妈也就进屋了。

妈妈放下提包，望着我叹口气。

我把头埋得低低的，想先做算术。

妈妈板着脸说："吃完饭再做吧——去，先淘米去！"

我端起米锅，跑到院里的自来水管旁边，刚要放水淘米——一下子愣住了。

方伯伯家，就在自来水管后头。我看见他的屋门上，挂着把大锁！

啊，今天正是星期三！我把米锅往自来水管下边的水槽里一放，赶紧朝院外跑去。

我跑到大槐树下，紧了紧裤腰带，往手心里啐了口唾沫，飕飕飕几下爬了上去。

费了好大的劲儿，我才取下了那最后一支飞镖。

跳下树来，我迫不及待地拆开飞镖，就着夕阳的余光，看那纸片上写着的字。原来是这样的一张便条：

爸：

今天下午到明天上午我们楼电梯要停电修理，请您不必来看我们了，我们全家吃过晚饭后一起来您处团聚。

女儿兰俊

你们说我看了这张便条有多难受吧！我立刻跑进院里，迎头正碰上高山菊，我忙问："方伯伯是出门了吗？"高山菊说："方伯伯驾轮椅去方大姐那儿啦，你跟'炒豆儿'在门口玩，怎么没看见呢？"

是呀，是呀，方伯伯明明驾着轮椅从我们背后出了胡同，而我和"炒豆儿"却一点儿也没发觉！我们的眼睛净盯着那飞镖和"伞兵"了！

明天见着宋大哥，我可怎么说？

方大姐一家进了院，撞见门上的大锁，又该怎么埋怨。最揪心的，还是方伯伯的遭遇——他兴冲冲地来到高楼底下，满以为可以坐电梯升到9楼，可电梯“停电修理，暂停开放”！于是，他只好再摇着轮椅回来——要知道，离家得有五六站呢。

啊，这都是因为我贪玩！贪玩，误了做作业；贪玩，误了别人的事；贪玩，闹得妈妈不高兴；贪玩，也弄得我自己不快活……

泪水涌上了我的眼眶，真后悔！真想骂自个儿一顿！快给我出个主意吧——我该怎么办呀？

4. 星星为什么对我笑

售票员阿姨问我：“小朋友，你哪站下？”

我气喘吁吁地说：“没准儿。”

售票员阿姨生气了：“这叫什么话？”

我赶紧把钱递给她：“您给我来张1毛钱的票吧！”

1毛钱的票可以一直坐到终点。阿姨虽说把票扯给了我，可还是满脸的疑惑。

我也顾不得跟阿姨解释，凑到车门的玻璃跟前，睁大双眼，注意着马路对过慢行道上的车辆……

车到站了，我赶紧躲开，让人上车；车开了，我又回到原来的位置，鼻子尖紧贴在车门玻璃上，朝对面搜索着……

三站过去了，还没开到第四站，我忽然高兴地叫了起来："方伯伯！"

车门刚一开，我就像干豆荚里蹦出的豆儿，一下子弹到了人行道上，停也没停，便飞快地朝相反的方向跑去。

方伯伯累了，他的轮椅摇得很慢，所以，不一会儿我就追上了他。

"方伯伯！您甭摇了，我来推您！"

方伯伯扭头一看，大吃一惊："小远近，你打哪儿蹦出来的？"

我的眼圈儿直发酸。我一边推着轮椅，一边把一切一切都告诉了方伯伯。最后，我问方伯伯："您生我的气吗？"

方伯伯扭回头，用他那肥厚的大手拍拍我搁在椅背上的小手，和蔼地说："我正埋怨你方大姐呢，原来是你贪玩误了事……不过，你这不是追上我了吗？我不生你的气了。可是，小远近，从明天起，你可得克服玩起来就没个够的毛病啊！"

我使劲儿地点头。

这件事过去以后，足足有三天，我都能挺顺利地管住自己。妈妈爸爸都挺高兴，吕老师也夸我作业做得认真。

第四天放学后，我、谭小波和高山菊还没走到院门口那棵大槐树旁，突然，听见一串嚷声："嘿嘿嘿，停停停！"接着，像是一只猴儿从大槐树上蹦了下来——你猜着了吧，那是“炒豆儿”。

好几天没跟“炒豆儿”玩了，他像是有点儿不高兴。他双手叉腰，挺着肚子拦住了我们的去路，挑战似地问：“你们玩过递球吗？”

我们三个笑弯了腰。高山菊跺跺脚说：“地球那么老大，怎么玩呀？”

“不是地球，是递球……”“炒豆儿”使劲儿摆手，急得脑门子上直出汗，眨巴了几下眼睛。忽然他又问：“你们看过《瓦尔特保卫萨拉热窝》吗？”

我抢着说：“那谁没看过，我看过三遍呢！”

“炒豆儿”这下解释清楚了：“你们想想看，吉施住在什么地方呀？递球厅！对不？告诉你们吧，我家现在就是个递球厅。不信，你们瞧瞧去！”

嗬，“炒豆儿”真有新鲜的！我们拔腿就往“炒豆儿”家的院子里走。

一进“炒豆儿”他们家，我们三个就乐得又蹦又跳。别看“炒豆儿”才上三年级，他可真会动脑筋！他利用家里的桌子、椅子、凳子和几块木板，真搭出了个先低后高的“球道”；最高的那截，木板不够长，他就把搓衣板也用上了。他拿个胶皮玩具球，给我们“示范”了一次——用巧劲儿把球往“球道”上一递，球由低向高滚去，最后滚过了搓衣板，“咚”地一声掉进了接在下面的洗衣盆里。还没等我们拍巴掌，“炒豆儿”就大声为自己喝起彩来：“真棒！1比0！”

我们四个兴高采烈地玩起了“递球”，还展开了争夺冠军的竞赛。

高山菊投飞镖挺冲，玩这“递球”可就不灵了：球递出去不是半截滚回来，就是从半路上掉下去。玩了一会儿，我和“炒豆儿”都成功五回以上了，她只成功了两回。她又一次递球，又失败了，谭小波高兴得直拍肚皮——他只比高山菊多成功一回，生怕她追上自己。我冲高山菊挤眉弄眼，“炒豆儿”哇啦哇啦地嚷：“哦嗬，哦嗬，‘地球’真叫大哟，你可玩不动哟……”

高山菊脸儿涨得红红的，几绺头发被汗水粘在脑门儿上，紧咬着嘴唇，看也不看我们。

玩呀玩呀，高山菊一直落后。又该她递球了，我把球扔给她，她接住球，拂拂额上的头发，忽然，她想起了什么，眼睛四处寻找——啊，她是在找钟。一看小衣柜上的闹钟指着4点50分，她便把球往地上一搁，说：“不玩啦，该回家啦。”

听她这么说，我的心一动。我不是跟爸爸妈妈保证过吗——放学以后至多玩到5点钟。于是，我拍拍手上的土，也打算回家。

“炒豆儿”却对着高山菊羞上了：“输喽输喽，怕当末一名哟！”

谭小波也不愿意让高山菊走，因为她一走，谭小波自己就成末一名了，所以他也火上添油地说：“输了走，变小狗！”

高山菊一听，猛地又弯腰拾起了球，使劲儿地晃晃小辫儿说：“玩就玩！说不定谁是末一名小狗哩！”

高山菊不走了，可5点钟到了，我怎么办呢？

这时候，“炒豆儿”和谭小波都赶上了我，我们三人都是成功了14回。

又该我递球了。我两眼直望着小衣柜上的闹钟，“炒豆儿”把球扔给我，我都忘了接。闹钟上，长针已经斜过了“12”。我咽了口唾沫，抓起书包，大声地说：“我不玩啦！我得回家做作业啦！”

“炒豆儿”的嘴角简直要撇到耳根：“甭假心假意充好人——你的冠军当不成啦，怕当小狗是不是？”

谭小波直捅我胳膊肘：“你就再玩一会儿吧，看咱们谁先成功 20 回！”

没想到连高山菊也劝我说：“你就再递一回吧！”

这时候，就像有根鸡毛在轻轻挠我的心，痒痒呀，真痒痒……对，就再投一回吧！我弯下腰去，手指头碰到了胶皮球……可是，要是他们再让我投一回呢？这么一次一次投下去，不就又没完没了了吗？嗯，不能！说不玩了就不玩了；我猛地又直起腰来，握紧书包带说：“反正我要回去做作业了——反正！”

高山菊见我这么坚决，便也取过自己的书包说：“算了！就玩到这儿吧！”

“炒豆儿”拉住谭小波说：“他们走他们的，咱俩玩个够！”

谭小波用鞋尖搓搓地，叹口气说：“咱俩也该做作业啦，‘炒豆儿’，我帮你把这些东西‘各就各位’吧，要不，你爸爸妈妈回来，该生气啦！”

谭小波说完就收拾起来，我和高山菊也动手帮忙。“炒豆儿”坐到床上，两只胳膊抱在一起，嘴噘得能挂上个大灯笼。

收拾完了，临走的时候，我拍拍“炒豆儿”肩膀说：“咱俩这么比赛吧——看谁改贪玩的毛病改得快，好吗？”

“炒豆儿”把身子一扭，不搭我的茬儿。

回到家，我把小猫眨眼的闹钟搁到铅笔盒边，认认真真地做上了作业。

吃完晚饭，我跑到院子里，仰头一看，蓝盈盈的天空上缀满了亮闪闪的星星，嘿，一颗又一颗，都像在对我眨着眼！

方伯伯摇着轮椅来到我的身边，问：“小远近，怎么这么高兴呀？”

我指着满天的繁星说：“星星在对我笑呢！方伯伯，您猜，星星为什么对我笑？”

方伯伯用手搓着下巴上的胡子楂，笑吟吟地说：“我知道，我知道。”

那么，你能猜着吗？

5. 金鱼肚子疼

我打开小纸盒，用火柴棍儿，拨弄着死苍蝇，又数了一遍：“1、2、3……6！7！……哦！13！”数完，我撂下火柴棍儿，摇头晃脑地拍起巴掌来——瞧吧，明天下午的大队会上，总辅导员冯老师说不定会这么表扬我：“咱们大队的灭蝇冠军是谁呀？ 远在天边，近在眼前——就是袁远近！”

我一出屋，只见高山菊正举着苍蝇拍，在枣树底下转悠。嗯，她知道我比她多歼灭了4只，不甘心落后呢。我走到她身边，故意扯着嗓门问：“喂，心算1秒钟——13减9等于几？”

高山菊扬起头，皱皱鼻子对我说：“得了！我刚才又打着一个！”

哼，那她也追不上我。说实在的，经过一整天的“红领巾灭蝇活动”，要想在我们胡同里再找到一只活苍蝇，那可不是件容易的事。

不过中午垃圾箱那儿的苍蝇还是蛮多的。我们一群红领巾到那儿挥拍战斗了一阵，死苍蝇就落了一地。我们各自用树枝“筷子”把自己歼灭的“敌人”夹到了自备的小盒子中；这不仅是为了统计战果，也是因为总辅导员冯老师告诉我们，把死苍蝇集中到一起用火烧掉，能更有效地消灭苍蝇肚子里的“蛋蛋”，使它彻底地不再繁殖。谭小波中午跟我在那儿共同战斗过一阵，当时他也歼灭了不少“敌人”，这会儿他又跑到垃圾箱旁边的杨树枝上挂什么东西去了！看，真好笑，难道是挂条标语，勒令剩下没死的苍蝇自动投降？

我跑了过去，老远就问：“嘿，你挂的是什么呀？”

谭小波兴奋地对我说：“粘蝇纸，懂吗？”

我歪着头看了看，只见那纸条两面都像是涂上了黄颜色的胶水。谭小波得意地解释说：“我自己刚做的，还掺了一勺蜂蜜呢，苍蝇准得上当——明天一早咱们来瞧吧，准能粘上五六只。”

我立即心算了一下：谭小波比我少歼灭7只苍蝇，嗯，就算他再粘上6只吧，冠军也还是我啊！

我在那条“粘蝇纸”下背着手踱了几步，故意一本正经地说：“粘上蛾子可不能冒充啊！”说完，便跑开了——我打算找“炒豆儿”玩一阵子。

刚进“炒豆儿”家，就发现气氛跟平时有点不大一样。“炒豆儿”大模大样地坐在方桌旁，正在欣赏鱼缸里的金鱼。一见我进屋，他就得意洋洋地宣布说：“我姥姥来了，给我蒸猪油豆沙包呢！”这时我才闻到，好一股猪油豆沙包的香味儿！

我朝他们家厨房一瞥，可不，一个身材瘦小、腰板挺硬朗的姥姥，正在那儿忙呢。

不知为啥，我心里头突然挺不痛快。原来，“炒豆儿”跟我完全是一个情况——爸爸妈妈是双职工，平时一个人在家没人给做饭，我们就下点面条吃；现在可好，他姥姥打郊区来了，就给他蒸豆沙包呢！

我坐到“炒豆儿”对面，故意装出无动于衷的样儿，说：“我姥姥也快来啦，她蒸的包子才叫好呢——叫做猪油芝麻花生核桃包！”

“炒豆儿”嘴一撇：“甭吹！你姥姥在四川，离这儿好几千里地呢！”

我生气了：“坐飞机来呀——

呜……唰！几个小时就到了！”

“炒豆儿”还想跟我抬杠，可他姥姥从厨房里走了过来，手里端着冒热气的一盘包子，亲热地招呼我尝尝。

我先说啥也不吃，可搁不住“炒豆儿”姥姥劝，“炒豆儿”捏了一个又往我手里送，我这才尝了一个，嗯，真好吃！

吃完包子，“炒豆儿”指着鱼缸，又冲我显摆上了：“瞧，紫帽子！我大舅送的！”

嘿，真是一条紫帽子金鱼，大尾巴一摆一摆，悠悠地在水草边游着。我虽说也养着金鱼，可始终就没弄到过一条“紫帽子”。

我装出对紫帽子金鱼不感兴趣的样儿，懒懒地说：“老玩鱼有什么意思？我表哥立东说了，过几天送我一只带小电滚子的军舰模型呐！安上个小电池，往水池子里一放，瞧吧，嘟嘟嘟嘟……自动朝前开，多棒！”

“炒豆儿”望着我，没话可说了。立东经常来我们家，给我和“炒豆儿”照过相，“炒豆儿”知道他最会摆弄科技玩意儿，所以他相信了我的话。其实，立东这一阵造飞机模型，根本没有要送我军舰模型这回事儿。

我俩又决定下棋啦。我知道“炒豆儿”的军棋一向搁在

窗台上，就主动跑过去拿了，这就发现了窗台上的废火柴盒——我知道那是“炒豆儿”装死苍蝇的，便随口问了他一句：“你今天打死了多少只？”

“炒豆儿”说出的数目让我吃了一惊：“14 只。”

高山菊、谭小波那样的积极分子都没我打得多，他——“炒豆儿”——居然会比我还多出一只来？可是，“炒豆儿”当着我的面，用火柴棍拨拉着点了一遍数——真是 14 只！

我完全没了下军棋的兴致。明天大会上，总辅导员冯老师首先得表扬“炒豆儿”啰——唉，表扬谁我也服气，可是“炒豆儿”，他是个净挨批评的角色啊！上星期冯老师不是还在大会上说过，我们有的队员光顾自己高兴，在院子里吵吵闹闹，搞得院里大人睡不好午觉——当时，大伙全往“炒豆儿”那儿看，“炒豆儿”低下了头，脸红得就像炒熟了的花生豆一样；可明天“炒豆儿”却要被冯老师大声宣布为冠军了……

我心里像梗着根火柴棍儿，哪还能下好军棋？没几下就输掉了一盘。“炒豆儿”还要再来，我不干了。

我眼睛盯着鱼缸里的金鱼，忽然生出了一个计策来。

“‘炒豆儿’，你拿什么喂这鱼呀？”

“干鱼虫呗！”

“咳，喂那个长得慢，告诉你吧，要喂苍蝇那才长得快呢！”

“真的吗？我不信！”

“信不信由你！你想想，咱们钓鱼用苍蝇当鱼饵，鲫鱼儿不是挺容易上钩的吗？这是立东表哥告诉我的呢，他呀，是从《科学画报》上看来的！”

“是吗？！”“炒豆儿”瞪大了眼睛，不由自主地从火柴盒里夹出一只死苍蝇，扔进了鱼缸，那紫帽子金鱼陡然蹿，一口把苍蝇吞了，逗得“炒豆儿”咯咯咯乐个不停；他一高兴，就接着又扔进两只苍蝇，紫帽子金鱼也都吞了进去。

“够了吗？”“炒豆儿”问我。

“够了，够了！”我点着头说。可不是够了吗，这下，“炒豆儿”只剩下11只苍蝇了，比我的足足少了两只！

第二天，冯老师果然在大队会上宣布我是“灭蝇冠军”，同时，也表扬了积极灭蝇、成绩显著的许多队员，“炒豆儿”、高山菊，谭小波都在其中。

“炒豆儿”找冯老师去了，我悄悄跟在后面，听见他对冯老师说：“我比袁远近多打死一只，冠军应该是我！”

冯老师说：“中队长交来的统计表上，你是11只呀，干吗非争那个冠军呀！咱们开展这项活动的目的主要还是为了搞好卫生，预防疾病……”

这天晚上，我越想越不是滋味，就跑到“炒豆儿”家去，只见他托腮坐在方桌旁，两眼直勾勾地望着鱼缸，一脸的愁容。

一看鱼缸，紫帽子金鱼已经浮到了最上层，嘴巴似张非张，肚子鼓得老大，尾巴懒懒地耷拉着，身子似乎还时不时地一歪一歪……

金鱼不舒服！啊，金鱼肚子疼呢……我的心怦怦怦地跳动，我懊悔啦！

6. 穿花衣服的战斗机

“炒豆儿”见我进来，白了我一眼说：“还好意思来呢，‘紫帽子’都肚子疼了……”“炒豆儿”望望我，又望了望鱼缸里吃了苍蝇的“紫帽子”金鱼。

我鼓起勇气，走到“炒豆儿”身边，拍了他肩膀一下说：“都怪我不好。走，咱们去学校吧，我当着你面告诉冯老师，‘灭蝇冠军’应该是你！”

从他那表情上能看出来，他不生我的气了，可心里真为金鱼着急。

“要不，我掰点大山楂丸喂它吧！”“炒豆儿”忽然生出个主意来。

我把他劝住了：“别瞎给金鱼吃药！走吧，找冯老师去，没准儿他能告诉咱们怎么治金鱼肚子疼！”

“炒豆儿”同意了，我俩就一块去找冯老师。冯老师刚从师范学校毕业没多久，他就住在学校里。他的宿舍门口，种着一排向日葵，金黄的葵花被夕阳照着，格外好看。

冯老师刚锻炼完身体回来，正拧着热毛巾擦脸呢！他穿着件鲜红的背心，结实的胸脯把背心撑得紧紧的。

我首先把头天晚上的事讲了，我说：“我也不知道为啥，心里头就冒出个馊主意来……”

冯老师擦完脸，坐下来耐心地帮我分析说：“那就是因为你有嫉妒心。嫉妒心，就是见着别人有好东西，有好事儿，心里头不舒服，变着法儿给别人闹点儿事故，弄出点儿不痛快来。一个‘红领巾’，可不能让嫉妒心滋生起来。你刚冒出点儿嫉妒心来，就知道后悔，来认错，这是进步的表现。今后，要把嫉妒心变成竞赛心；就是说，人家有了八分成绩，你既不是不服气，也不是灰心，而是刻苦努力赶上去，去争取九分、十分的成绩……”

我和“炒豆儿”坐在冯老师对面，目不转睛地听他讲着道理。冯老师的话，句句点到我的痛处。

“下回大队活动，举行一次科技模型制作展览，过后还要评奖，你们都要积极参加，每人亲自动手，制作出一件科技模型来，争取得奖！”

听冯老师这么一谈，我跟“炒豆儿”的劲头全来了，立刻开始盘算自己该制作个啥样儿的模型。结果都离开冯老师宿舍，走到胡同里了，我才想起来，忘了问冯老师金鱼肚子疼了该怎么治。

“甭问了，”“炒豆儿”兴奋地说，“先把‘紫帽子’金鱼儿搁到一边儿吧——嘿，我呀，要做个人造卫星模型！”

让他做人造卫星吧！我呢，先沉住气——我有个好参谋啊，急什么呢，先请教了立东表哥再说！

星期日，我一大早就跑到姑妈家去。刚走近姑妈家住的那栋楼房，就听见一片小朋友们的喧嚷声。怎么回事儿呢？仔细一看，嗬，原来立东表哥站在他们中间，手里托着个飞机模型。那飞机模型做得特别精致，银色的翅膀上对称地漆着星星火炬的红色图案，头上有个螺旋桨。也不知怎么一弄，立东表哥手里的飞机便腾空而起了，我眨了眨眼，才看清楚，原来他手里握着两根钢丝，钢丝的那一头连在飞机上。立东表哥一会儿朝后退着，一会儿转动着手腕，只见银色的飞机一会儿冲上，在空中划出个大圆圈儿；一会儿机头冲下，刚划了半个大圆圈儿，又突然斜着向上冲去……周围的小伙伴们欢呼着，拍着巴掌，我也忍不住笑了起来，多好玩儿呀！

表演完了，立东表哥才从人群里发现了我。我蹦过去大叫一声："立东哥哥，快教我做飞机模型吧！"立东表哥推推眼镜，笑嘻嘻地说："这回可不许像那回做幻灯机一样，做到一半就扔下啊！"我拍拍胸脯说："这回的决心是真的，不信你就瞧着！"

跟着立东表哥到了姑妈家，顾不得吃姑妈递给我的煎年糕，我就一头钻进立东表哥的小屋里，兴致勃勃地参观上了他已经做完和还没做完的飞机模型。

立东表哥一一介绍给我："这是弹射模型滑翔机，用橡皮筋把它弹到天上，它自己就能滑翔起来；这是安了发动机的模型，叫做'自由飞'；那是二级无线电模型飞机，做好了，能在空中飞'8'字呢！"说完又拿起刚才表演过的飞机模型对我说："这是架线操纵特技飞机，全靠用钢丝操纵升降舵做特技动作……"

我决心制作一架空军歼击机模型。

打第二天开始，放学后做完作业，我就摆弄上了飞机模型。立东表哥几次跑来指导我，手把手地教我用砂纸打磨机翼，我懂得了飞机翅膀的剖面为什么既不是长

方形，也不是椭圆形，而是有点像蒜瓣的模样，原来只有做成这个样子，才能利用流体力学的原理，使飞机升到天上去呢！

大队举行的科技模型制作展览就要开始了，冯老师让各个中队督促同学们，及时把制作的模型交上去。

临交上去的头天晚上，我先跑到谭小波家，他正往做成的天文望远镜模型上涂颜色呢。他用了好几种颜色：深咖啡的、柠檬黄的、豌豆绿的、枫叶红的，凑成的花纹还真好看！我们对着月亮和星星看过，月亮上的阴影深了些，星星也大了些，蛮不错的。

从谭小波家里出来，我又跑到高山菊家里，她也正往做成的新型联合收割机模型上涂颜色：主机涂成鲜红的，附件涂成深黄的，还有些地方涂成蓝的、紫的，瞧上去真漂亮！

回到家里，我瞧着已经完工、只等着刷银粉的歼击机模型，有点儿发愁了：往他们的天文望远镜、联合收割机边上一摆，颜色多单调呀！托着腮帮子想了一阵，我突然灵机一动……

第二天，大伙儿上学的时候全带着自己做的模型。我在胡同里遇上了“炒豆儿”，他举着人造卫星的模型，那模型上画着“紫帽子”金鱼的像。他告诉我说：“‘紫帽子’金鱼肚子疼好啦，我把这卫星叫做‘紫帽子’号。”他要看我那纸包着的歼击机，我说：“别着急，交到冯老师那儿，你再看吧！”

到了展览室，我把自己的模型交给了冯老师，好多同学挤成一圈，伸长脖子看。冯老师打开了纸包，于是，露出了我制作的飞机。“啊哟——”大伙儿不由得惊叫了起来，我挺高兴，以为都是赞叹我做得好，可是发现冯老师的双眉皱了起来……

我那架飞机，被涂上了绚丽的颜色：一块红、一块绿、一块黄、一块蓝……冯老师举着那架穿上了花衣服的飞机，仔细地端详着，纳闷地问我：“这飞机形体、结构都很好，可为什么要涂上这么多颜色呀？”

啊，果然是问这个。我早准备好了答案，便挺起胸脯，大声回答说：“这是保护色呀！电影里的坦克、高射炮阵地上的帐篷，不都涂成这样的吗？……再说，这样好看啊！”

没想到冯老师和同学们全笑了。

冯老师说：“飞机在天上飞，你这么多鲜艳的颜色，在蓝天白云衬托下更容易暴露目标，怎么能起到‘保护’的作用呢？飞机一般都是银灰色，这有它的道理。”

我仔细一想，也真是，歼击机就是歼击机，干吗非打扮得花花绿绿的呢？这么一来，也许我的飞机评不上奖了。不过，我心里还是挺快活：因为我们参加这样的活动，不单是为了评奖，主要是为了学到科学知识。

我得赶快找立东表哥，问问他，为什么飞机一般都是银灰色的？

7. 透明的小螃蟹

我刚写完作业，“炒豆儿”把我叫到了院外，带到胡同里的大槐树下，嘴巴凑拢我耳朵，神秘地说：“别让他们知道，算咱俩的！”

我拍了他脑门儿一下，撇撇嘴说：“干吗鬼鬼祟祟的？还是炒你的豆儿吧！甩开喉咙说明白，什么好东西，单算咱俩的？”

“炒豆儿”就朝大槐树顶上指去。

我们院门外的那棵大槐树，年龄可是“老鼻子”大啦，据说我们这些小孩子的爷爷的爷爷、姥姥的姥姥，他们还像我们这么大的时候，那槐树就有了，并且已经蹿得老高。

大槐树粗壮的主干上，疙疙瘩瘩生出些个树瘤，到房高的地方，主干分成三个大枝杈，三个大枝杈又分成好多根比我们腰还粗的枝杈，枝杈再生枝杈，密密匝匝一直撑向蓝天；夏天它像柄绿色的大伞，到了树叶落尽的冬天，它又像个有着无数根胳膊无数根手指头的巨人。说实话，它是那么雄伟，任何时候，你也不能一眼把它看个明白。我透过大槐树密密匝匝的枝枝叶叶望上去，没明白“炒豆儿”究竟发现了什么“新大陆”，难道他指的只不过是那些谢了花瓣后结出的一嘟噜一嘟噜的槐豆儿？

“你让我看什么呀？是别的院人放的风筝又挂到树上了吗？”我问。

“风筝算什么呀！你看！你看呀！那边，往高处看呀！看见了吗？”

“炒豆儿”直揪我胳膊肘，我终于看清楚了——树顶上有个鸟窝。

“前些天还没有呢！”“炒豆儿”得意地对我说，“我这侦察兵挺棒吧！谁也没发现哩，我先瞅见了！”

“是什么鸟的鸟窝呀？”我没觉得特别新奇，可也生出了一些个兴趣。我仰头观察着，对“炒豆儿”说：“鸟窝就是鸟窝，又不是什么玩意儿，你怎么说别让人家知道，单算咱俩的呀！”

“嘿！”“炒豆儿”回答我，“我跟你论‘哥儿们’，特别地好呗！我能爬到那尽上头去，把那窝里的鸟蛋掏出来——要有四个，就一人分俩；要只有三个，就你两个我一个，不好吗？”

我一听便又撇嘴：“掏人家窝里的蛋干什么呀？人家大鸟还要孵小鸟哩！”

“炒豆儿”便拍着巴掌说：“对！先不忙掏，蛋有什么意思！还是等着掏小鸟吧！”

“小鸟也不该掏，”我对他说，“掏了小鸟，大鸟会来跟咱们拼命的，说不定能把咱们眼珠子啄瞎了！你可小心点儿！”

“炒豆儿”可满不在乎。看样子他恨不得这就先爬上去，看看那窝里头究竟是鸟蛋还是小鸟。

正在这时候，“炒豆儿”姥姥从胡同里的小零售店打酱油回来了，她一见“炒豆儿”就喊：“‘炒豆儿’，你又猴淘啦？”

“炒豆儿”指着树上的鸟窝：“姥姥！那上头有个鸟窝！您猜那里头是鸟蛋呢还是小鸟呢？”

“炒豆儿”姥姥把一只手掌遮在眉毛下，仰头朝上望去，似乎是不由自主地说：“那是什么鸟的窝呀？要是喜鹊窝，那就留着，咱们全院的人都得个吉利；要是乌鸦窝呀，唉哟，那可不好……”

“炒豆儿”蹦起来说：“八成是乌鸦窝！我爬上去把它毁了吧！”

他姥姥一听急得差点儿把手里提的酱油瓶掉地上碎了，一迭声地吆喝他：“‘炒豆儿’，你可别胡来！看爬到树上把你给摔下来，摔成个罗锅儿！没准儿把命都丢了！你敢胡来我可饶不了你——要真是乌鸦窝，那也不用爬树；就是爬树，那也让你宋大哥什么的来，爬到那分杈就行了，给他根大竹竿，往上捅，一捅那窝不就给捅下来了……”

也真巧，“炒豆儿”姥姥说到这儿，恰好宋大哥骑着自行车过来了。他听见“炒豆儿”姥姥正说到他，忙下车，先问了“炒豆儿”姥姥好，又问：“怎么一回事儿？”

“炒豆儿”便得意地把那鸟窝指给他看。这时有几只喜鹊飞过树顶，又有几只乌鸦飞过来，一只羽毛又黑又亮的大乌鸦落到了鸟窝上。

“啊！就是乌鸦窝嘛！”“炒豆儿”神气活现地对我们说，“我真能爬到那儿，把窝给端了——宋大哥别看您有瓦尔特那么能耐，您可上不去；就是袁远近也没门儿。他也比我沉呀，爬到一半，树杈儿准断，准把他背上摔出个罗锅！姥姥，您别担心，让我给他们露一手儿——我‘炒豆儿’不光是个挺棒挺棒的侦察兵，还是个特帅特帅的游击队员哩！”说着，“炒豆儿”就往手上啐唾沫，勒紧裤腰带，看样子他就要蹬着那些个树瘤往大分杈上蹿了。

“炒豆儿”姥姥急坏了，尖声呼叫起来：“‘炒豆儿’，你屁股痒痒哩！”

宋大哥伸出一只手，一把将“炒豆儿”降住了。

“炒豆儿”不服，挣扎着。“炒豆儿”姥姥就跟宋大哥说，乌鸦窝是不吉利，可不能让小孩子去端，最好他宋大哥得闲的时候，用根大竹竿把那窝给捅了。

宋大哥让“炒豆儿”服帖下来，搂着他肩膀，对“炒豆儿”姥姥说：“姥姥，乌鸦跟喜鹊一样，都是对人类好处比坏处多的鸟，它们都吃虫子，能帮助这城里的树木花草更好地生长，还能帮助树木花草传播种子，乌鸦可能比喜鹊更喜欢吃点腐臭的东西，好比死耗子的肉呀什么的，那不也等于帮助咱们清洁环境吗？认为乌鸦不吉利，没有科学的根据，咱们可都不能迷信啊！乌鸦不过是叫出来的声音没有喜鹊中听，羽毛也不像喜鹊那么黑白搭配着看上去顺眼罢了，其实都是应该保护的鸟儿。连麻雀也一样，值得咱们城里人欢迎……”说到这儿，他又特别对着我和“炒豆儿”说：“你们该知道，城市里空气污染得要是太厉害，城市里噪音要是太强烈，化学物质的光影和雾气要是太浓密，那你就是在树上替鸟儿搭好现成的窝儿，它们也不会来哩！鸟儿灭绝的城市，住在里头的人也活不畅快，会得怪病，会缩短寿命……这些年北京的鸟儿已经比以往少多了，我们该创造更好的环境，欢迎鸟儿们飞回来啊！现在咱们这样的胡同里，不仅又有鸟儿飞来了，还有鸟儿到树顶上搭窝，说明咱们住的这个地方，环境没有被污染啊！所以，这大槐树上的乌鸦窝，从这个意义上说，倒是个吉祥的象征哩！”说到这儿，宋大哥又面对着“炒豆儿”姥姥说：“鸟儿来做窝，咱们欢迎还来不及呢，怎么能把它端了捅了呢？”

“炒豆儿”姥姥半信半疑，可是她见“炒豆儿”被宋大哥说得再没有往树上蹿的劲头了，便也放下心来，提着酱油瓶回家去了。

“你来得正好！”我对宋大哥说，“差一点儿，我跟‘炒豆儿’把窝里的小鸟给平分着玩了！”

“那更不该！”宋大哥伸腕看看手表说，“这时候不行，晚上吃完饭，你们叫上谭小波、高山菊他们，咱们还在这大槐树底下见，我要给你们讲个故事……”

“炒豆儿”立即跳了起来：“好啊！宋大哥，故事的名儿是什么啊？”

“叫做——透明的小螃蟹！”

这会是个什么故事呢？打游击的？抓特务的？童话？传说？

那天晚上，我们围着宋大哥，在大槐树下围成个马蹄形，听他讲那故事。

“其实，这故事很简单……”宋大哥给我们讲了起来，“好几年前了，我头一回有机会到海边去玩，迎着海浪游泳，在沙滩上晒太阳，退潮以后拾贝壳，涨潮的时候听浪涛拍打礁石……真是变着法儿玩也玩不够！话说有天傍晚，我从海边回到住的那个招待所，在院子里，迎面遇上了个老头儿。那老头儿长得挺不起眼，他望着我手里捧着的一个玻璃罐子，问我：‘小伙子，你那里头是什么呀？’我就举起来给他看：‘您瞧，是我从礁石缝里逮来的小螃蟹，多有意思呀，整个儿是透明的，您瞧像不像是玻璃雕出来的？’我满以为他瞧见了那些个透明的小螃蟹，会露出微笑，没承想他却把原有的一点微笑也收敛了，挺严肃地问我：‘它们还这么小，你干吗就逮它呀？’我一听乐了，反问他说：‘瞧您说的！这几天食堂里顿顿卖蒸海蟹，您就不吃吗？想必您也吃，而且爱吃——这些小螃蟹长大了，不也得让咱们吃了吗？早点逮晚点逮，有啥区别呢？’那老头儿听了我这话，脸色更加严肃，他郑重其事地对我说：‘小伙子，咱们宇宙，咱们世界，是个整体，万事万物的生存，有个互相依存的关系。单说

这生物界吧，它就有个生存状态相互均衡的问题，小的动物，应该让它自然发育，人类不要盲目地插进去改变它们的发育生长过程。比如说黄花鱼吧，头些年因为有的渔民贪图市场上能卖出好价钱，就不等小鱼儿长大，拼命地往上捞。因为把大量发育中的黄花鱼过早地捞上来卖了钱，使得整个黄花鱼鱼群没办法像以前那样继续生出大量的小鱼，再长大，再生鱼，维持住一个平衡——这种平衡叫生态平衡——结果，咱们餐桌上再难见到黄花鱼了。这倒还是小事，更大的危害，是许多与黄花鱼有关的海生动物，也受到不同程度的影响。因为各种生物之间，实际构成了一个链条般的关系，好比自行车那飞轮上的链条，从任何一个环节上断了，都影响到全局。所以，你不等小螃蟹长大，就把它们逮来玩，是不恰当的。要都像你这样，海螃蟹的生态平衡就要被破坏掉了……’你们听得懂他这一番议论吗？我当时听了，是似懂非懂，心里头很不服气，就抬杠说：‘您这人，也太小题大做了！就这么一罐透明的小螃蟹，值个什么？我又没把海里的小螃蟹都给捞上来！’谁知那老头儿却更加认真地跟我说：‘这里头还不光有个生态平衡的问题哩，小伙子，你细想想：对幼小的生命，我们该是个什么样的态度

才对？人类为什么特别提出来保护儿童的问题？为什么要过国际儿童节？法律上为什么禁止雇佣童工？……你该有颗爱护幼小生命的心才好，你为什么不从珍惜这透明的小螃蟹的生命做起，来建立一颗爱心呢？小伙子，再讲，我就讲不圆了。有的道理，光靠讲是讲不圆的，得靠心里头领悟，一悟了，可透亮哩！'……捧着那装着透明的小螃蟹的玻璃罐，我心里头不踏实了，老头儿怎么离开我的，都记不清了，只记得我不知不觉地转身又走出了招待所，走向了海边，把一罐子小螃蟹都又倒回了大海里……"

"后来呢？""炒豆儿"憋不住了，"后来该有神仙什么的出来了吧？"

我和谭小波、高山菊都笑开了。

"这故事一点儿也不好听。""炒豆儿"撅起了嘴巴，"敢情故事到这儿就完了呀！"

宋大哥搓着手说："真抱歉，这也许根本算不上是一个故事。那老头儿既不是鬼怪也不是神仙，后来我知道，他是个搞环境保护的专家。世界上有他这么一种专家，挺重要的专家哩……可故事其实并没有完，瞧，咱们头顶上这棵大槐树上，有个乌鸦窝，里头说不定有乌鸦蛋，更说不定有毛茸茸的大嘴巴的小乌鸦，就跟当年我玻璃罐里的那些个透明的小螃蟹一样……"

"唉呀，我知道啦！""炒豆儿"叫了起来，"故事一点也不好听！可我现在一点儿也不想掏那乌鸦蛋和小乌鸦啦！"

大槐树下，我们都开怀大笑起来。

宋大哥那晚讲的，确实算不得是个有趣的故事，但不知道为什么，我总忘不了……

8．扔到窗外的橡皮

嘿！你会做这道填空题吗——

“我用葫芦（　）从缸里（　）水。”

阶段考试考语文，我偏遇上了这道题。只眨巴了三下眼睛，我就填上了“舀水”的“舀”字；可是，“葫芦瓢”的“瓢”字怎么写，我却怎么也没法确定。我挠了半天脑瓜，咬了半天笔杆，唉，就是写不出这个字！

怎么办呢？我两手托住腮帮，心里别提有多别扭。

教室里安静极了，只有同学们动笔答卷的沙沙声。我由这声音想起了春天养的那些蚕宝宝，它们吃桑叶的声音，不也是这样的吗？“蚕”字也好，“桑”字也好，我都会写，可这张试卷上并没有关于蚕宝宝的题目，还是集中思想想“瓢”字吧！

不知怎么的，也没听见脚步声，我就知道吕老师从教室后面走到了我的身后。没错，吕老师在浏览我的试卷，她一定已经看出来，除了这个填空，别的题我都已经做完。她会怎么想呢？要知道，这学期以来，我的语文测验虽然从没下过 95 分，可就是总得不上 100 分。每回都是这样，要么偏有一个字写错，要么标点符号上出什么问题。这回阶段考试以前，吕老师问过我：

“袁远近呀，这回，你能不能做到一个错也不出呢？”

记得当时我脚跟儿猛地一碰，行了个军礼，像侦察兵出发前向首长下保证似的说：“出不了错，请您放心！”

我的决心的确挺大。这些天，我跟谭小波一块复习语文，凡是难写点的、容易出错的字，我们都一遍又一遍地抄、默写……可谁想得到，偏偏这个“瓢”字我临场蒙了：“瓜”字究竟应当搁到左边，还是应当搁到右边呢？按“飘”字的写法，似乎应当搁到右边；可按“漂”字的写法，又似乎应当搁到左边……

吕老师从我身旁走开了，她背着手，轻轻地朝教室前面走去；甚至从她的背影上，我都看出了一种遗憾的表情，她的声音似乎又响在了我的耳边：“要把祖国的每一个字都写正确。有时候，一字之差，能够造成不堪设想的后果……”

可是我写不出“瓢”字来，又能造成什么了不起的后果呢？我填上一个拼音，不也应当算对吗？或者，我干脆画上一个葫芦瓢得了，吕老师不是讲过，有“象形字”吗？

几声椅子响，呀，又有人离开座位去交卷了。我用眼扫了扫周围，只剩下不多几个同学仍在埋头答卷。我的座位靠窗，望出去，柳树阴里，高山菊她们几个交完卷的女同学，已经跳上了猴皮筋……

算了，这回就得99分吧。嗯，到底不甘心，我忽然想起了妈妈头两天笑着许下的愿：“这回语文你要是考100分，奖你一根旅行雪糕！”旅行雪糕我还没吃过呢，外头包着一层巧克力壳，里头是奶油味的，那味道准错不了……

正胡思乱想着，我的眼光忽然落到了打开的铅笔盒上。啊！我的眼睛陡然一亮，你猜我瞧见了什么？我瞧见了铅笔盒里的橡皮——不是那块已经被我用得只剩一半的蔚蓝色香味塑料橡皮，而是那块前几天才“住”进我铅笔盒的长方形的大橡皮。那块大橡皮有啥新鲜的？没啥新鲜，是一块挺平常的绘图橡皮。是立东表哥来我家玩的时候，掉在我家的，我就把它装进了自己的铅笔盒，打算等立东表哥再来时还给他……嘿，你瞧我啰啰嗦嗦说这些干啥，这跟我考语文有啥关系呢？难道用那橡皮擦，能擦出个“瓢”字来？

你还真说对了——真是那么回事，只要我拿出橡皮，翻过来看上一眼，“瓢”字怎么写就一清二楚了！

原来，前天傍晚，我从理发馆理完发，就直接跑到谭小波家里跟他一块复习功课。我俩复习了一阵解词和造句，不知怎么引起的，就互相开起玩笑来了。我在他语文书的包书皮上，给他画了个像，把他那“锛儿头”画得特别突出，还在头上添了四根毛，说他是“三毛的弟弟”；他呢，看我把头发理得特短，就拍着手叫我“大秃瓢”。我不让他在我的包书皮上乱画，他就从我的铅笔盒里取走了那块大橡皮，在没印字的那面画了个我，并且写上了“大秃瓢”三个字。我记得，他写“秃瓢”两个字时，还特别查过书。我当时没顾得去记这两个字的字形，只是咯咯咯地乐着，跳下位子去逮他。他呢，蹿出了屋子，我俩就在院子里追打起来了。结果，碰倒了方伯伯屋前的花盆，这才抢着扶盆道歉，算是结束了我们的复习……

真是巧极了，现在考语文恰好考到了“瓢”字；正当我想不准这个字的时候，崭新的绘图橡皮提醒着我：“把我翻过来吧，翻过来吧，我背后正好有个‘瓢’字！”

我把手伸了过去，手指头触到了橡皮，不知为啥，我觉得那橡皮像个冰块，使我的手指尖有种异样的感觉……

如果我翻过橡皮，算不算作弊呢？

不应当算，不应当算……因为，又不是我故意事先写好放在那儿的，凑巧了嘛！

可是，为了凑满100分，为了一根旅行雪糕，我就这么做吗？我低下头，下巴颏正碰着红领巾。手指尖碰着的橡皮像块冰，这下巴颏碰着的红领巾却像一束火。冰和火，是不能相容的啊！

“应当靠扎扎实实的基本功获得100分，不应当用小聪明去骗取100分！”这是谁的话？啊，这是立东表哥告诉我的话，不过这话也不是他发明的，是他的语文老师告诉他的。有一回他们考语文，要求用三个词造句，立东表哥因为没有好好复习，拿不准那三个词是什么意思，于是他脑瓜儿一转，便写出了这样的答案：

盘桓——我现在正用“盘桓”这个词造句子呢。

亭亭玉立——请注意，我正在用“亭亭玉立”这个词造句。

奥秘——用“奥秘”这个词造句子是很容易的。

老师没给他分，他还跑去狡辩：“我那不也造的是句子吗？我用上了规定的词语，句子也通顺呀！”老师让他坐下，严肃地同他谈了两个多钟头，最后，告诉了他那两句话。立东表哥那学期因为这三个句子没造出来，影响了总平均分，没评上三好学生。他告诉我说："这对我是件大好事，它使我懂得扎扎实实的基本功是顶要紧的……"

是呀，"瓢"字写不好，是我基本功不扎实的表现，我翻过橡皮凑上这个字去，的确能换个100分，可这样的100分对我有什么好处呢？我应当甘愿得个99分，好促使自己今后复习得更细致、基本功更扎实啊！

说时迟，那时快，我决心下定，就一把抓起那块橡皮，猛地扔到了窗外——不能让你再躺在那里引诱我！

这么一来，可就引起了轰动：吕老师皱起眉头，吃惊地望着我；我左右的同学，有的竟"啊"地叫出声来；交完卷在窗外游戏的同学，"呼"地一下，几乎全聚拢到扔出的橡皮那儿；我还看见高山菊弯腰拾起了橡皮，晃着小辫向周围的同学宣布着橡皮上的"秘密"……

最后的结果怎么样呢？我不讲啦，你们猜猜吧！

9．我们大家的姥姥

“哈！我有两个姥姥啦！我有两个姥姥啦！”

“炒豆儿”手里举着一封信，连笑带嚷地跑了过来。

我正和谭小波、高山菊在大槐树底下跳“房子”，一齐围拢他身边。我一把从他手里抢过了那封信，谭小波和高山菊从我左右伸过脑袋，同我一起好奇地端详，只见信皮上写着：北京新开胡同17号王建国同志收　河南大磨坊村王寄。

这有啥可乐的呀！我们这条胡同的确是新开胡同嘛，“炒豆儿”他们院正是17号呀；“炒豆儿”的学名可不就是王建国吗，难道人家写信来，能在信上写“炒豆儿收”呀——真不知道“炒豆儿”乐个什么劲儿！

我从信封里掏出了信，展开读出声来：“建国：我10日一早动身，11日下午6点到达北京站，给你和玉娟带了不少东西，你们务必来车站接我。你的姥姥，括弧，董学锋代笔，括弧。本月7日。”

“你们说逗不逗呀——我姥姥早就来我们家啦，怎么又跑出个姥姥来了？”“炒豆儿”不等我念完，就又乐了起来。

我想了想，就宣布说：“有啥可乐的，这信准是寄错地方了！”

高山菊接着说：“可不，我爸爸说的，北京有好几个新开胡同呢！”

谭小波也补充：“那个新开胡同里，恰好也有个叫王建国的，就是这么回事呗！”

“炒豆儿”听完还是一个劲儿地乐：“嘻嘻……巧事都让我占全了！”

我把信还给他，推了他一把说：“收起来吧！明天邮递员阿姨送报纸来，你把这信退给她吧！别傻乐了，来，跟我们跳‘房子’玩——你跟我一头！”

可是，高山菊不知为啥在发愣。

突然，她把我手里的瓦片一巴掌拍到地下，大声问我，“今天几号啦？”

我们全都莫名其妙，高山菊这是怎么啦？

“今天11号呀。”谭小波回答她。

“现在几点钟啦？”高山菊接着问。

“快5点了吧！”我回答她。

高山菊猛地一转身，从“炒豆儿”手里夺过信，又读了一遍，激动地对我们说：“这个河南姥姥，她再过一个来钟头就到北京站了。也许她还是头一回来北京呢！她上了年纪，又带了好多东西，没人接，可怎么出站、怎么坐车、怎么到那个新开胡同去呀？”

“炒豆儿”不动脑筋地说：“嗨，她家的人当然会接她去的呀！”

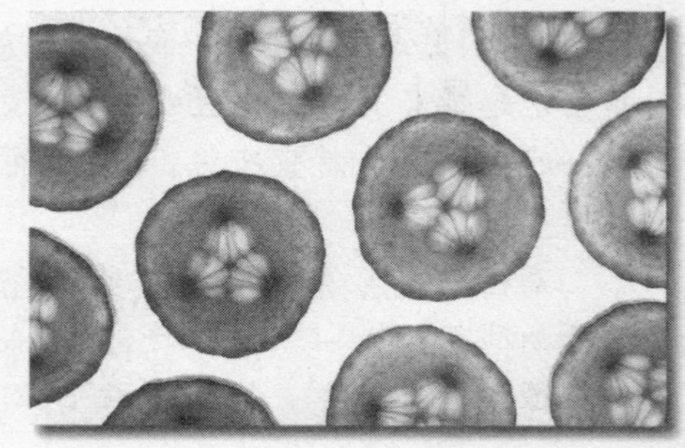

我推了“炒豆儿”一把：“你呀你！她把信寄到你这儿了，她家的人哪知道她到北京呀！”

谭小波挠着后脑勺说：“糟了！”

高山菊摇摇小辫，两眼亮闪闪地望了我们一遍，一挥拳头：“走，我们去北京站接她！”

我和谭小波立刻点头说：“对！咱们赶紧去！”

“炒豆儿”却皱着眉头发愁：“北京站多远呀，坐车去，我可没钱买票啊！”

高山菊拍拍衣兜说：“没问题！我这儿有8毛钱，是妈妈给我买书用的——我先用了它！”

就这样，扔下大槐树底下的“房子”，我们立即出发去北京站了。

我们下电车的时候，恰好是5点半，钟楼的大钟正发出悠扬的钟声。

穿过车站广场上熙攘的人群，我们进入了车站高大堂皇的正厅。值勤的叔叔告诉我们，接从河南来的那趟车的旅客，要先买月台票，然后从东边的地道走到月台上去。时间已经不多，我们可得抓紧！

当我们拿着月台票穿地道去月台时，“炒豆儿”两手勾在一起，表示是架机关枪，嘴里“嗒嗒嗒嗒”地发出机关枪的射击声，躬着身子，在地道里跑起了“8”字……结果，当我们跑到月台上时，“炒豆儿”却不知到哪里去了。火车到站了！我问高山菊和谭小波：“咱们没见过这个姥姥，可怎么接呢？”

谭小波出主意说：“咱们别着急。等下车的人都走光了，剩下一位东张西望直发愁的老大娘，那准就是了！”

火车停稳以后，旅客们纷纷下车了，接客的人们不时发出欢呼声，迎上前去。

可是，月台上的人几乎都走光了，运行李的电瓶车从我们身旁驶过，我们仔细地朝月台前后望去，却并没有发

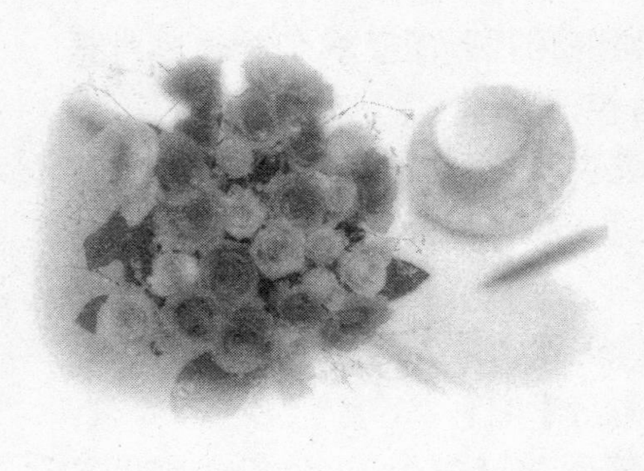

现一位东张西望直发愁的老大娘……这是怎么回事呢？

穿过地道往出站口走的时候，我们仨心里别提多难过，就像我们丢失了亲姥姥似的，喉咙那儿堵得慌。

刚走到出站口的门厅，忽然，我们听到了从嵌在墙上的暗喇叭里传出来的广播声：“……请袁远近、高山菊、谭小波三位小朋友，赶快到广播室来接你们的同学王建国……”

嗨，河南来的姥姥没接着，反倒接着“炒豆儿”！

我们跑到广播室时，“炒豆儿”正坐在沙发上看小人书呢，瞧他美的……不过，嗯，我可看出来了，他脸上有眼泪画出来的道道。

我们仨一迭声地埋怨他，这回“炒豆儿”老实了，他低着头，看着脚尖走路，一声不吭。

我们走到了北京站前的广场中央，一位脸颊黑红、浓眉大眼的解放军叔叔走到我们身边，用南方口音问：“小朋友，你们知道去新开胡同坐什么车吗？”

“新开胡同！”我们简直是一齐蹦了起来，怎么今天净是巧事儿？

“叔叔，北京有好多个新开胡同呢，您要去哪个新开胡同呀？”高山菊仰起脸，兴奋地问。

“这——”解放军叔叔为难地笑了，“我是要送……我外婆去新开胡同，我还是再问问她吧……”

外婆？哈，南方人叫外婆，我们北方人不就该叫姥姥吗？

解放军叔叔没注意到我们惊奇的表情，他转身朝柱子那里走去。啊，在柱子旁边，一位老大娘，头上包着白毛巾，坐在自带的小板凳上，一旁搁着好大一个藤筐，另一旁搁着好大一个黑布包袱……

高山菊头一个冲了过去，她掏出“炒豆儿”收到的信，递到那老大娘手里，大声地问：“姥姥，这信是您寄的吧？”

那姥姥和解放军叔叔都大吃一惊。姥姥仔细看了看信封，满脸的皱纹都抖动起来，连连说：“中呀，中呀，这是俺让小董写的信呀……”

你当然能猜出来，解放军叔叔是在火车上同姥姥认识的……

剩下的问题，就是确定该把姥姥送往哪一个新开胡同了。还好，这位姥姥 5 年前来过一次北京，她记得那个新开胡同离北海公园不远……

我们簇拥着姥姥登上路过北海公园的无轨电车时，我们四个小朋友和一位解放军叔叔全都“姥姥”、“外婆”地叫着，售票员阿姨不由得惊讶地说：“嗬，这位老大娘，有这么多个外孙……”

我大声地回答她说：“可不，她是我们大家的姥姥！”

……当我们四个伙伴回到我们那条新开胡同时，晚霞已经不那么亮了，真像一些快要谢掉的紫玫瑰花瓣。

别的没啥好讲的了，单告诉你这么个小镜头吧：第二天傍晚，妈妈下班一进屋，就举着一样东西，笑吟吟地递给了我……那原本是只有我语文考了 100 分，才能得到的，哈，你猜着是什么了吧？

10. “勇士们，向碉堡冲锋！”

我和“炒豆儿”一手提着半干半湿的游泳裤衩，一手举着雪糕，边吃边聊地往家走。

刚走到我们那条胡同，只听“开炮！打呀！”几声呐喊，我们还没弄明白是怎么回事儿，一把热烘烘、麻扎扎的沙子已经甩到了我们脊背上。我扭头一看，从胡同口上的砖垛后面，蹦出来两个五年级的闹将：打头的外号叫“黑大力”，他长得不比我高，可又黑又壮，一双牛眼睛，一对大虎牙，满脸神气劲儿；跟在他后头的那个大名叫王绪，大伙平时只管他叫“小绪子”，是“黑大力”形影不离的好朋友，又瘦又高又白，一双眯缝眼儿，鼻子两边净是雀斑。

“黑大力”几步跨到我们跟前，双手叉腰，挺着肚子说：“小子们！不许走，给我当兵！”

“小绪子”手里端着木头做的冲锋枪，站在“黑大力”身旁，枪口对着我们。

我伸手到背后去刮被汗粘住的沙子，撇撇嘴说：“你是国民党，抓壮丁呀？”

“炒豆儿”气得脸发紫，他眼泪汪汪地望着手里刚吃了几口的雪糕——上头落满了沙子！

“黑大力”吸吸鼻子，紧紧裤腰带，反驳我说：“谁是国民党？我要盖碉堡，你们给我当兵！”

"小绪子"赶紧把枪口单单对着"炒豆儿",配合着说:"当兵的不许吃雪糕,听见吗?"

我气得喉咙里像是跳着一团火,一边把自己那还能吃的雪糕递给"炒豆儿",一边大声地向"黑大力"宣布:"你甭欺侮人,没人怕你!"

"黑大力"啥也没说,只是露出虎牙一乐,把圆领衫的袖子捋到肩膀上去,使劲地把胳膊一弯,只见他那二头肌鼓得高高的,活像一只小耗子。"小绪子"神气地发话了:"怎么样,你们的力气有我们大吗?"

"炒豆儿"哭了,我的心就像安在了弹簧上,随时都会蹦出嗓子眼儿来。望望"黑大力"那副明摆着以力压人的模样儿,我把游泳裤衩往地下一摔,咬咬牙对"黑大力"说:"谁的力气大,不能你说了算!咱们摔跤!"

我话音没落,"黑大力"就扑了过来,转眼间我俩就扭成了一团。这时候,"小绪子"呆呆地立在一旁,"炒豆儿"也止住了哭,望着我俩发愣。

说实在的,"黑大力"可把我摔惨了;可我就是不服气,摔倒了,又爬起来攻上去。这么摔了几个回合以后,"黑大力"也喘得接不上气来了。于是,"小绪子"趁我摔倒了还没爬起来的工夫,扶着"黑大力"撤退到了砖垛后头。

当我和"炒豆儿"回到胡同里的时候,"炒豆儿"把快化完的雪糕递到我手里,一边让我吃,一边给我身上拍灰,愤愤地说:"哼,咱们找宋大哥去,宋大哥一根胳膊顶他两根粗。"

"炒豆儿"一句话提醒了我,嘿,这可是个好主意,我提着沾满沙土的游泳裤衩，就同“炒豆儿”一块去宋大哥家找他。

你说巧不巧，宋大哥恰好轮休在家，见我和“炒豆儿”脏得像一对刚从烟囱里钻出来的猫儿，忍不住皱着眉头笑了。我和“炒豆儿”抢着开口向他告状，一五一十地把“黑大力”欺侮我们的情况讲了一遍。

果然，宋大哥听完我们的汇报，浓眉一皱，问：“‘黑大力’这会儿还在胡同口吗？”

“炒豆儿”激动地说：“准在！”

宋大哥把敞开的衬衫扣上扣儿，沉稳地说：“好，去看看！”

我和“炒豆儿”对宋大哥的崇拜，这时候达到了一个新的高潮。我俩跟在他那宽大厚实的肩膀后头，神气地回到了胡同口外。

“黑大力”果然没回家，他和“小绪子”两人坐在墙根的阴凉里，一边嚼着雪糕，一边看着几个二、三年级的小学生在那里用砖头搭碉堡。显然，那几个小学生是在我们之后被他“俘虏”的。

“黑大力”本来没注意到，“炒豆儿”嚷了一嗓子：“‘黑大力’，甭神气！”“黑大力”一扭头，瞧见了宋大哥，不由自主地站了起来，他眼睛里的表情顿时没有刚才那么狂气了；“小绪子”跟着跳了起来，他手里还没吃完的雪糕掉到了地上。

宋大哥的表情十分严厉，可说话的声调却很和蔼：“‘黑大力’，这是怎么回事啊？”

“‘黑大力’，欺侮人！”我忍不住嚷了一句。

“就是！”“他说我们要不给他当兵，他就让我们尝尝他胳膊的厉害！”“他说谁力气大谁就得当头头！”几个小学生全都不干了，站到我们身旁告状。

“你是这么说的吗？”宋大哥盯住“黑大力”问。

“黑大力”把眼光移到沙堆上，不吱声了。

宋大哥缓缓地把衬衫袖又卷了起来，一直卷到挨肩膀的地方，然后猛地一弯胳膊，命令说：“‘黑大力’，你看！”

啊呀，“黑大力”那二头肌算个什么呀，宋大哥的二头肌，活像是一个在皮肤下滚动的铁疙瘩！你还记得宋大哥在业余摔跤比赛里得过的名次吗？

“黑大力”的眼睛里全是惧怕的神色了。

宋大哥缓缓地放下衬衫袖子，又挥挥手说：“来，大家一齐动手，把这砖垛复原！”

大家都心甘情愿地跟着宋大哥干，“黑大力”不知为啥格外卖力：我们一次顶多移3块砖，他却一次移5块。不一会儿，砖头重新垒成砖垛。

在大家拍着手上的灰、吁着气的当口，宋大哥这才把道理讲出来：“我们的力气，应当用来搞建设，不能用来搞破坏、欺侮人！”

“黑大力”低下眼眉，站在那儿一声不吭。

“谁是真正强有力的人？”宋大哥问。

“你，宋大哥！”“小绪子”抢着回答。

“为什么？”宋大哥问他。

“因为宋大哥力气最大！”“炒豆儿”接过话茬，语气里透着自豪劲儿。

“可是，搞建设，光有力气就行了吗？”宋大哥接着问，不等我们回答，他就又对“黑大力”说：“你算一算吧——你们因为瞎玩，弄坏了多少块砖？”

我们重垒砖垛的时候，拣出了不少碎砖，扔到了一边。“黑大力”听了宋大哥的命令，只好过去清点。他费劲地扒拉着碎砖，把那些被摔得不成形状的小碎块，往一块儿拼，急得脑门上的汗像珍珠般大。

“你看，光有力气，没有智慧，能算强有力的建设者吗？”宋大哥指着“黑大力”问我们，“你们谁能想出个简便的办法，替他算出来？”

大伙七嘴八舌出了好些个主意，宋大哥都摇头。

可是，我只来回走动了两次，就胸有成竹地向宋大哥和大家宣布：“一共弄碎了18块砖！”

大伙全都佩服地望着我，“黑大力”的眼睛瞪得溜圆。“你怎么算出来的呢？”宋大哥问。

我便解释说：“我看了一下，本来每垛砖的块数是一样的，码法也一样。所以只要做两次乘法，把没坏的一垛砖和这坏了的一堆砖的总数分别乘出来，然后再一相减，不就算出来了吗？”

“小绪子”和“炒豆儿”全笑了，“黑大力”连耳朵都变得通红，宋大哥赞赏地冲我点头。

“‘黑大力’，你看你带头毁了多少块好砖！你的力气今后要用到建设上去，还应当多多锻炼脑子，变得聪明些啊——只有德智体全面发展的人，才是强有力的人哩！”宋大哥走过去，拍着“黑大力”的肩膀说。“黑大力”害羞地别过头去……

“你们爱玩攻碉堡的游戏？好！”宋大哥环视着我们

一群，说："到我休息那天，你们到我院子里去，我们一起玩一种既能锻炼身体又能提高智力的游戏，名称也叫攻碉堡。到那天——勇士们，我们一起向碉堡冲锋吧！"

大伙全乐了，"黑大力"扭过脸，恰好遇上我的目光；我伸过手去，他一把握住了，我俩异口同声地对宋大哥说："成，到时候找你去……"

正在这时，高山菊忽然气喘吁吁地从胡同里跑了出来，见了我就嚷："嗨呀，到处找不见你，原来你在这儿！……我已经给你报上名啦！"

这可真让我摸不着头脑，她给我报上什么名啦？

11. "你别让着我！"

学校组织班级象棋对抗赛，四、五年级每个班出一个人，星期天比赛，用简单淘汰制确定冠亚军。这事情刚定下来，高山菊、谭小波他们就向吕老师反映说："袁远近行！咱们班就出他吧！他能杀败我们院的方伯伯哩！"这样，就把我的名字报上去了。

我挺高兴。的确，自从去年我学象棋以来，赢过好多大人哩！高山菊告诉我，这回的比赛，体委还要派人来观看呢——为的是发现好苗子，将来培养成象棋运动员。

这事让爸爸知道以后，他不以为然地说："你？你们班就你下得好吗？"

我说："那怎么着！上星期您不是输了我一盘吗？"

妈妈笑着插话："你爸可让你一只'车'啊！"

我说："今天晚上咱们再赛，您别让我'车'好啦！"

晚饭后，爸爸抽着烟斗，跟我对上了阵。走了十几步以后，我就被爸爸的一对"连环马"压得够呛，我忍不住把身子往椅背上一靠，双手抱在胸前说："不干了不干了，重来重来！"

爸爸嘿嘿地笑着说："星期天比赛的时候，也允许重来吗？"

"赢我们小孩有啥了不起呀？哼！"

我一把抓走了"连环马"当中的一匹马，终于扭转了劣势，下了个平局。

第二天放了学，高山菊跑来对我说："你还不多练练——后天就该上阵啦！你跟方伯伯下吧，我们来观阵！"

方伯伯一听是这么回事，呵呵地笑着说："咱们可得按正式比赛的规矩下啊，不许悔步，不许看棋的人支招儿。"

我说："那当然！咱们这是正经对弈嘛！"我故意把"对弈"两个字说得很响，在一旁等着看热闹的"炒豆儿"一脸惊奇，悄声问谭小波："什么叫'对一'呀？还有'对二'吗？"

开棋了，头五六步，无非是"当头炮，把马跳"一类的平常招数。到第七步，我的"车"一下子插到了方伯伯那边的"象眼"上，局势顿时紧张起来。高山菊和谭小波忍不住喊喊喳喳议论开了，我把眉头一皱说："不许支招儿！"

方伯伯只是抿着嘴笑，仅仅三步以后，他就攻破了我的阵式。接着，他双“车”出动，一下子使我的形势危急起来。

我心里不自在了，想了好一阵也不知挪动哪个棋子好。高山菊、谭小波他们，瞪大眼睛瞧着棋盘，哼都不哼一声；“炒豆儿”倒想帮我的忙，嚷了一嗓子：“跳这边的马！”可明明别着马腿，能跳吗？

再下了七八步，我简直就要被“将”死了，我眼圈儿出红了，嘴也撅起来了……方伯伯看出我受不住，心软了，他便故意走了两步“臭棋”，结果高山菊他们大吃一惊——经过让他们眼花缭乱的那么十来步快攻，我转败为胜了！

瞧，我就这样保持了不败的纪录。

星期天到了，象棋对抗赛正式举行了。跟我“对抗”的是谁呀？抽完签以后，我望着“程海岩”这个名字直发愣。这人在学校可太不出名啦，准是个蔫不唧唧的男同学——谁知道，走到棋桌边我才发现，原来是个胖胖的女同学。她梳着朝鲜女孩那样的“妹妹头”，月牙儿般的眼睛，红扑扑的脸颊，坐到椅子上以后，抬眼瞧了我一下，满脸腼腆的神态。我心里不禁暗笑，她算什么对手哇？第一轮放松点吧，集中精力去应付第二轮和最后的冠亚军赛吧！

跟她下头几步，我

真是轻松极了，一会儿仰靠在椅背上，一会儿东张西望。当我一下子吃掉她一个“车”以后，我忍不住轻轻地吹起口哨来，当裁判的同学不得不提醒我要遵守赛场纪律——可是，又走了几步，啊呀，我不禁目瞪口呆，原来人家是故意舍“车”取路，用“马后炮”配合单“车”来“将”我啊！我浑身不自在了，直想伸手把她的“马”拿走。慌乱中走了一步废棋，棋子落盘后，我后悔了，一把将棋子抓起来，要重走，裁判急得直拽我袖子，大声嚷：“不许悔棋！不许悔棋！”我浑身燥热，可一瞥对面程海岩，嗬，她可真有涵养，还是文文静静地坐在那里，一双眼睛只盯着棋盘，吭也不吭一声……

比赛的结果可想而知——第一轮上我就被程海岩“刷”了下来。我也没心思看人家进行第二轮比赛了，心里像堵着一团乱麻，低头跑出了学校——跑到校门口的时候，正碰见体委的几个同志走进校门。唉，我心里真是难过。

回到家里，正在包饺子的妈妈惊奇地问我：“怎么这么快就回来啦？”我也不回答她，走到床铺前头就往上一倒，还扯过一个枕头捂住了头。

这可让妈妈着慌了，她赶紧走到我身边，掀开枕头，把手掌平贴在我的额头上，关怀地询问：“你不舒服啦？怎么回事呀？”

我翻了个身，烦躁地说：“没有没有，人家没病嘛！”

妈妈看我不发烧，也就只好由我去，接着包她的饺子去了。

等到饺子快下锅的时候，谭小波、高山菊和“炒豆儿”

一齐跑到我家，妈妈这才明白是怎么回事。

谭小波说："真没想到一下子就碰到了个强手，袁远近今天输得好惨！"

高山菊说："嗨，咱们把袁远近的技术估计高啦！"其实他俩都没说到点子上，倒是"炒豆儿"一语道破了"天机"——

"程海岩干吗不让着我们点呀！"

妈妈笑了，她走到床边把我拉了起来，拍了我脊背一下说："甭撒娇啦！问题就在这儿，老得人家让着你，哪能练出真本事呀！下棋是这样，别的事情也是这样，'让'出来的成功，其实就是金纸裹着的失败——以后不许人家让着你，兴许你还能练出点真本事来！"

我被妈妈这么一拍一训，头脑清醒多了。

这以后，我又和爸爸、方伯伯他们下了好多盘象棋；说实话，十几盘里，我统共只赢了两盘。可是我挺高兴，因为我心里清楚——他们没有让着我！

你要同我下象棋或进行别的什么比赛吗？你要先依我一句话，要不咱俩可弄不到一块，那就是——

你别让着我！

12. 三只蝴蝶

秋天多么好！冯老师、吕老师带我们去香山爬“鬼见愁”。啊，从峰顶上往下看，那是多么美妙的一幅彩画啊！大块的稻田像金黄的绒毯，银色的公路和翠绿的行道树像镶在绒毯上的花纹，远处的昆明湖像一块明镜，这是玉泉山，那是万寿山，呀，那贴近地平线的远方，就是北京城！我和高山菊站在呼啦呼啦迎风飘展的队旗下面，望着前面开阔奇丽的景色，伸出胳膊呼唤起来：“北——京——！你——好——”霎时，从两侧满覆红叶的山谷里传来了重叠的回声：“好！好！好！好！……”惊得一群群鸟儿从红叶里钻出，朝谷外盘旋着飞去。

从香山回到家里，我们除了带回满身山林的气息，每个人都有一件“天然纪念品”。高山菊的是一簇殷红的枫叶，谭小波的是四个透明精巧的蝉蜕，“炒豆儿”的是一根大鸟的银灰色尾羽，我呢？我的纪念品装在了一只不大不小的纸盒里。

一路上高山菊好奇地盘问了我不下几十次：“你带回点什么呀？”伸手就要去揭盖，我赶忙把她制止住了：“嘿，别瞎动，这可是个秘密！”

这可是个规律：你越是保密，人家就越想知道究竟。都已经下山了，高山菊还缠着我问个没完。这又是个规律：只要你下定了决心，就能保密到底。到家了，我还是没把秘密告诉高山菊。我看见她是撅着嘴往家里走的。不过，

到第二天，高山菊好像把这件事忘了。

半个多月过去了。一个星期天，我家搞大扫除，谭小波、高山菊、“炒豆儿”都来帮忙。因为“炒豆儿”是越帮越忙，比如说，他本意是要帮着擦玻璃，可不知为啥，玻璃并没擦干净，他的脸颊却抹上了不少黑道。所以，我妈妈就动员他只集中完成一项任务——先回自己家去做作业，等我们打扫完了再跟他玩儿。

该整理书架了，我还没回过神儿来，高山菊已经把那只纸盒捧到了手中——我还没来得及发话，她已经麻利地掀开了纸盒的盖子——“呼”的一下，纸盒里飞出三只蝴蝶，眨眼的工夫，便从敞开的窗户飞到了院子里，一下子升到了屋顶那么高，转眼便不见了。

“你你你——你赔我！”我愤怒得像一头狮子，一伸手便把高山菊推了个趔趄。她往后一退，碰倒了涮抹布的水桶，污水立刻漫了一地。高山菊微张着嘴巴，瞪圆了眼睛望着我，仿佛不认识我了。我的怒火正旺，冲口说：“滚！以后再也别来我家！”

只觉得两根小辫子在我眼前一舞，高山菊便不在我家屋里了。爸爸妈妈在院子里扫橱顶、晒衣物，谭小波在屋里擦玻璃。我一个人愣愣地站了好几分钟，这才拾起了掉到地上的纸盒——纸盒里残存着三个干裂的蛹蜕：啊，我从香山挖回来的蝶蛹孵出了蝴蝶！没想到今天偏偏让高山菊一下子给放跑了。

到第二天，谭小波才发现我和高山菊互相不说话。他跑来问我：“怎么回事呀？”我把原因一五一十地说了一遍，他想了想说：“我去逮三只蝴蝶，替她赔你吧！”哈，我这个人呀，真糊涂！竟一句话把他噎了回去：“你就知道向着她！”谭小波听了，一甩手转身走了。

班上该换黑板报了，吕老师布置我和高山菊抄下一期黑板报。放学以后，扫除完了，别的同学全都跑到操场玩去了，教室里只剩我和高山菊两人。我站在黑板左边抄我的稿子，高山菊站在黑板右边抄她的稿子，只有粉笔碰在黑板上的“嗒嗒”声，我俩一句话也没有。我不时抄错句子，总得用板擦擦了重抄，心里头老在想：只要她先跟我说一句话，我就立刻向她认错……她也总在出错，也许，她心里想的跟我一样。

黑板报抄完了，我俩临出教室回头一望，啊，板报上两篇不同笔迹的文章，接缝处的字仿佛在互相排斥，形成了一个明显的枣核形空白，那是我俩互相躲避形成的。

第二天，同学们一进教室，就看见黑板报上两篇文章当中画着一棵枣核形的松树。原来，那是吕老师昨晚看到了，有意补画上的。这样一来，左右两篇文章，就像是因为美术设计上的需要才那么躲开似的。

这天放了学，吕老师把我找去了。吕老师静静地听我讲完

了事情的经过，没有责备我，也没有讲成套的道理，只是语重心长地对我说："友谊呵，要珍惜！你应该鼓起勇气，主动向高山菊道歉。我想，她一定会跟你和好的！"

我抱着这样的决心向院里跑去。刚跑进院门，就遇上了谭小波，他对我说了句话，我的心顿时像被泼上了一瓢凉水："高山菊她家明天就要搬走啦！"

这是真的？是真的！高山菊爸爸的单位分配给她家一套新住房，明天就要搬走。搬到哪儿去？垂杨柳离我们住的胡同足足有30里！高山菊就要到垂杨柳中心小学去了，今后见面就不容易啦。"友谊呵，要珍惜！"当我不懂得珍惜的时候，我天天和她在一起；当我懂得珍惜的时候，她却要走了！

第二天是星期天，一大早，我就蹿出屋子，直奔高山菊她家。进了屋，只见谭小波和"炒豆儿"正帮高山菊抬一只箱子。我二话没说，抢上去站到高山菊一旁，同她一起抬。她呢，既没吃惊也不见高兴，跟什么事也没发生过一样，神情自如地同我肩并肩抬着箱子。

院门外的大槐树上不时飘下几片发黄的槐叶，我想起头几个月，我们用飞镖打槐花的场面。唉，心里头又闷又凉！

我多想找个机会向高山菊说几句道歉的话，可就是找不到机会。直到高山菊和她爸爸就要登上驾驶室旁的座位，院里的人们全都站在门口、说着惜别的话时，我终于鼓起全身的勇气，迈一步走到高山菊身旁。我决心当着全院的人向高山菊道歉——可是，还没等我说出话来，高山菊就把一个纸盒递到了我的手中，笑吟吟地说："给你，我赔的！"说完便登上了车。

我都不知道车子是怎么开走的，人们是怎么散去的，反正当我从万分激动中清醒过来时，身边只剩下了谭小波和“炒豆儿”，他俩的目光全都集中在我手捧的纸盒上。我轻轻地、轻轻地揭开了纸盒，啊！谭小波和“炒豆儿”不由得一齐叫了起来：“三只蝴蝶！”

是的，是三只蝴蝶，并且是三只永远不必担心它们飞跑的蝴蝶，每只都是用四五种颜色的玻璃丝编织的，色彩艳丽，栩栩如生。说真的，比我那从蛹里孵出的蝴蝶好看多了！

一回到家，我赶紧把这三只蝴蝶珍藏起来。那天，立东表哥来我家，他见了这玻璃丝编成的蝴蝶，一点也不感兴趣，挑剔地说：“这是凤蝶吗？后翅臀区应该有尾突，你这都没有，不像。你要是真喜欢这类东西，那应该去找卢爷爷，他满屋子全是蝶呀、蛾的。”

我好奇起来：“卢爷爷？是住在你家楼下的那个白胡子老头吗？他那么大年纪，干吗还像我一样，爱玩这些东西？”

立东表哥说：“他是个昆虫学家。去看看你就明白了！”我“嗯”了一声，可我心里想的是另一回事。我表哥家离垂杨柳不远，去了卢爷爷家，我一定上高山菊家去一趟，好好向她道个歉。

于是下午我随立东表哥上卢爷爷家去了。跨进卢爷爷家，我就愣住了：啊，高山菊也在卢爷爷家呢！卢爷爷乐呵呵地说：“来来，我介绍一下，这是我的小助手高山菊，她常帮我搜集幼虫成虫的标本……”我低着头涨红了脸，一句话也没听进耳朵，只是想着应该鼓起勇气，给高山菊道歉，千万别再错过机会。我抬起眼睛望着高山菊，刚想开口说话，高山菊就“咯咯咯”欢笑着，一下子抓住了我的双手，身子往后一仰，滴溜溜转起圈子来。在高山菊欢快的笑声中，我跟着她转呀转……直转得天花板上那电灯的乳白圆罩，变成了一朵被春风吹得绽足了花盘的大牡丹！

13．雪花会唱歌

冬天到了。谁说冬天花儿少？嘿，当天上往下撒雪花的时候，你摊开巴掌接吧。每朵花的形状都不一样，可都那么美丽！

转眼要过新年了。我们家有一桩开心事——终于迎进了企盼已久的21英寸牡丹牌彩色电视机。彩色电视就是比黑白电视强啊！我们家调试新彩电的时候，谭小波“炒豆儿”都来凑热闹，立东表哥爬上我家屋顶，摆弄天线，画面上一有变化，我就嚷：“还有重影！再转转！好！快成了！呀，又不行上了！得！清楚了！还差一小点儿！……”高山菊站在屋门口，把我的叫嚷传给院子里的谭小波，谭小波就使劲儿仰着脖子，再把话传给立东表哥。“炒豆儿”却不理会高山菊和谭小波，一会儿近逼电视机，跟我一块嚷，一会儿真跟炒锅里的豆儿似的蹦到门外，插到谭小波跟立东表哥之间，尖着嗓子眼儿吆喝。他虽不辞辛苦地跳进蹦出，满脸汗津津，嗓子也都快喊哑了，传递出的信息却总慢半拍，搅和得谭小波和立东表哥不能紧密配合——但不光我们几个，就是院子里其他的人，看见他那热心肠的可爱模样，也都只是对他微笑而并不摇头。

“好啦！完全成功！别再动啦！”我终于发出这样的欢呼。从此，我家看上色彩艳丽、图像清晰的大彩电啦！有了21英寸的大彩电，原来那台14吋的黑白电视机，就“退休”到我那间屋里了。我跟爸爸妈妈说；“它可是退而不休啰，我会在必要的时候让它发挥‘余热’的！”

可不！没几天它就大大地发挥了一番“余热”——妈妈要看一出电视连续剧，我却要看一场足球赛的现场转播；爸爸那天下班很晚，一进家门，发现妈妈跟我各守一台电视机，都是一副心满意足的模样儿，忍不住乐了：“避免了一场选台大战啊！”他呢，因为已在外面吃过了晚饭，便沏上一杯茶，一会儿在我这边观一会儿战，摇头评论说：“踢得太温！没有紧逼，没有速度……”一会儿又去同妈妈坐到一处，也是摇头，嫌那电视剧夸张得太过火。后来我跟妈妈就都跟他起哄：“干脆，再买一台电视机算啦，一人抱一台，你去找那不温不火的节目看！”爸爸只是呵呵笑，其实，除了“新闻联播”，别的节目他都可以放弃——他的爱好是看书而不是看电视。

临到元旦前一天，妈妈中午从单位搞完大扫除回到家，忽然把我叫过去说：“远近呀，妈妈产生了一个想法……”

“什么想法呀？”我赶忙问。

“你还记得徐奶奶徐爷爷吗？”

“徐奶奶徐爷爷？……”我想了想，把手使劲儿一拍，“怎么不记得？徐奶奶满头银丝似的短发，可她眉毛还是黑的！徐爷爷的脖子是歪的，那不是小时候爬树上房，摔下来弄歪的，是生出来就那样的。您跟我说过，不许在见着徐爷爷的时候盯着他脖子看，更不许扮鬼脸、笑……我去年跟您去他们那儿拜年的时候，不是都做到了吗？”

妈妈点点头说：“你的确很乖，徐奶奶徐爷爷都很喜欢你……”

我就问：“您是不是又想带着我去给他们拜年啦？这回咱们再买上一盒好点心，一兜好水果，还有猪肉和大鱼，去看望他们吧……可，这不还没过元旦吗？离春节就更早啦，您怎么今天就念叨上他们啦？”

妈妈以往带我去给徐奶奶徐爷爷拜年，总得在元旦之后，有时要到正月的初四、初五，把亲朋好友都招呼完了才去。徐奶奶徐爷爷按说既不是我们家的亲戚，也不是爸爸妈妈共同的朋友。我记得妈妈以前跟我说过，她在跟爸爸结婚以前，住在机关的单身宿舍里，宿舍是一座“筒子楼”，每天一晚一早，各屋的人把屋里的垃圾都扫到扔到筒子般的长廊里。当大家都去办公室上班的时候，就有一位妇女来打扫那长廊，还有楼梯和厕所。当人们从办公室回到宿舍楼时，长廊、楼梯和厕所就都变得干干净净。那位打扫长廊的妇女，就是徐奶奶。妈妈当年就同徐奶奶相处得很好。妈妈同爸爸结婚以后，搬出了那座“筒子楼”，仍然同徐奶奶保持着联系；有了我以后，每年至少去徐奶奶家看望她一次，这样便也同徐爷爷熟悉起来。

“远近，你知道，徐奶奶徐爷爷全都退休好几年了，他们没有儿女，当然也没有孙子辈……”

“他们家比咱们哪家都穷，”我抢过话碴儿说，“我怎么不知道？记得咱们去年给他们拜年的时候，他们家煤炉子上的烟筒逗得我直乐——糊了一层头年的挂历纸，那些个大明星大美人的头像，在烟筒上那么一卷，全成了滑稽人……我知道，那是因为他们家烟筒太旧了，锈出了窟窿眼儿，漏烟，所以徐奶奶徐爷爷才往上糊挂历纸的……当时您不是提醒他们了吗？烟筒糊纸挺危险的，闹不好会着火！……”

“你记性还挺不错！”妈妈刮刮我鼻子说，“后来街道居民委员会补助了他们一些钱，他们买了新烟筒。远近，你记得吗？老两口虽说生活上不宽裕，可一天到晚乐乐呵呵的，挺乐观。他俩给火柴厂糊火柴盒，挣点钱，也解闷儿，两人对着糊，还互相对诗。别看他们文化水平不高，可都背下了好些唐诗宋词，这个说一句，那位接一句，互相考，互相打分，可有趣了……”

我眼前活现出徐奶奶徐爷爷笑盈盈的相貌来，忍不住笑了。

“远近，你知道今天我为什么跟你说这个吗？今天下班回来的时候，我顺便到商场买点年货，在商场里遇见徐奶奶徐爷爷了，你猜他们老两口干什么呢？他俩站在卖电视机的柜台外头，目不转睛地看那柜台里开着的电视机播出相声哩……我没招呼他们，就这么着回来了……我是想，他们老两口，究竟还是寂寞啊，要是他们家里能有一台电视机，哪怕是黑白的、旧的，该多快乐呀！”

我一时没明白妈妈的意思，只觉得妈妈两眼期待地对着我闪动。

“远近，我是想，要是咱们今天下午把你屋里那台黑白电视机给他们抱去，让他们今晚上就能坐在家里看上新年联欢晚会的节目，那有多好啊！我想你爸爸肯定会同意我的建议，只是你……”

原来是这样！我的心先是一紧，后来就跟长了毛似的，不自在起来。要是再遇上我想看的节目跟妈妈想看的节目冲突，那不真得跟爸爸说的那样，重开“选台大战”么？

妈妈大概看出了我的心思，便拍拍我肩膀说：“远近，妈妈不勉强你。可妈妈向你保证，以后彩电里的节目，你有优先选择权！”

我抬眼望着妈妈的眼睛，妈妈的眼睛没有电影明星那样美丽，妈妈实在是个平常的妈妈，她的双眼只是很自然地望着我。

我想起头年妈妈买了好多东西，要带我去给徐奶奶徐爷爷拜年时，爸爸这样问过妈妈：“当年你住集体宿舍时，徐奶奶对你有过特别的照顾吗？”

妈妈摇摇头，这样回答：“没有太多特别的照顾。可我觉得，人与人之间，不一定非得是有恩报恩，才能建立感情。”爸爸听了，一个劲儿点头。这话到现在我也不能深懂。不过，我心上的“毛”消去了好多。我真舍不得那台旧的黑白电视机，可是，我使出全身的力气对妈妈微微点了点下巴，说：“行，把旧电视机送给徐奶奶徐爷爷吧！”

妈妈高兴得一把将我拥进怀里。

为了让徐奶奶徐爷爷及时地看上当晚的精彩节目，妈妈跟我没等爸爸回家，就把旧电视机装进纸盒子，捆扎了有两个耳朵样的提手，提出家门，提出院子，提出胡

同，提到公共汽车站，提上公共汽车……给徐奶奶徐爷爷他们送去了。妈妈给爸爸留下了一张字条，告诉他饺子馅已经拌好，面也已经和好，下酒的熟食也都买齐，我们会及时赶回家中同他一起包饺子欢度新年的。

徐奶奶徐爷爷意外地得到我和妈妈送去的新年礼物时，那份儿高兴，就别提了！

徐奶奶徐爷爷非留我们在他们那简朴然而洁净的家里一块儿包饺子吃，我和妈妈当然都一边道谢一边说还得跟爸爸团聚。徐奶奶徐爷爷把我们送出了院门，还坚持要送出他们那条胡同，我和妈妈好不容易才把他们两位老人劝回去。

我们走到大街上时，雪渐渐下大了。

到底是过年的节骨眼儿上，公共汽车非常拥挤。离我们那条胡同还有3里路的地方，我们下了车——我们需要换乘另一路公共汽车才能到家——可是车站上满满当当净是等车的人。

妈妈说："万幸呀！咱们去的时候带着那么大个盒子，一路顺利。现在反正也没负担了，远近呀，干脆咱俩别再坐车了，踩着雪，走回家去，好吗？"

"好啊！"我跳起来赞同。

我和妈妈就快活地在雪花环绕中步行回家。

天黑了，路灯亮起来，雪花在路灯的光区里变得特别明显，像许多翻飞的小小精灵。街上的人们都喜气洋洋：不仅有传来的阵阵鞭炮声，还有艳丽的烟花从屋影后升起。

渐渐接近我们那条胡同时，我大声地叫喊起来："妈！您看呀，胡同口那儿是谁？"

那是爸爸！他在家里左等右等不见我们返回，有点担心，有点着急，憋不住，就穿上大衣，围上围巾，戴上帽子，跑到胡同口迎我们来了！

我和妈妈快步向前，同一样快步而来的爸爸会合到一起。爸爸仿佛好多天没见着过我们了，竟伸出胳膊，挽住妈妈，搂住我的肩膀。他望望妈妈，望望我，再望望妈妈，笑了起来："怎么搞的，你们这时候才回来？我还以为你们飞到天上去了哩！瞧你们，从没见过你们脸庞这么像盛开的玫瑰，眼睛这么像最亮的星星！你们怎么这样快乐啊！"

妈妈大声地对他说——这话我一辈子也不会忘记——"是呀！真快乐！'给予'，是比'获得'更高级的快乐！"

爸爸竟然当着我，凑拢妈妈的脸庞亲了她一下。然后，爸爸用下巴指指漫天飞舞的雪花说："听见吗？雪花在唱歌哩！为你们！为快乐的人！"

我们一家三口朝胡同里走去。是的，是的，从那一天起，我听懂了雪花唱出的歌，那歌声落到我的心上，并且溶化到了我的血液中。

14. 再给你看张照片

又是一个星期日。早晨，天上灰蒙蒙的，不久就又飘雪花儿了。到快中午的时候，地上已经铺了一层厚厚的雪毯儿。

"炒豆儿"戴着好大一顶狗皮帽子，脖子上围着好厚一条围脖，手上套着熊掌般的一对大棉手套，跑到我家，喷着白气，扬起大嗓门，向我宣布："我发现了几个真格儿的侦察兵！搞不清是'侵略军'还是'友邻部队'！"

"嗨，"我不在意地说，"准是'黑大力'、'小绪子'他们吧。"

"不是'黑大力'他们！""炒豆儿"顿着大棉鞋，急得结巴起来，"是是是……几几几个大人！不信去看！"

我就抓起帽子、围脖，顾不得拿上手套，随他跑了出去。跑到胡同当中的空地边上，"炒豆儿"指给我看："嗬，可不是真格儿的侦察兵吗！"

也难怪"炒豆儿"那么认为。只见离我们五六步远的地方，有两个穿皮茄克、戴皮猎帽的叔叔，支着一个比我们小孩还高的三角架。三角架底下吊着个用线拴着的小铜锤，那两个叔叔轮流把眼睛凑到三角架上好似望远镜的东西前头，看一阵，打开皮面本子记一阵。而对面一百多步远的地方，站着一个用大红拉毛围脖裹住头的阿姨，用戴着红毛线手套的手扶着一根带尖铁脚的木柱，看上去仿佛是根特大号的尺子……啊，我眨眼想了想就明白啦，这是搞测量呢！

十几分钟以后，我和“炒豆儿”就把一个令人振奋的消息带回院里——明年开春我们这条古老的胡同就要拆掉，将在这里盖又高又大又美的现代化大厦。那时候，我们各家都将搬到那新住宅区舒适的单元楼里去住。

雪下得越来越大了，院里的大人小孩们关于这件事的议论也越来越热烈。“炒豆儿”在院里得意地晃来晃去，活像发现了美洲新大陆的哥伦布一样。

方伯伯把我们几个小学生叫到他屋里，一边从取暖的炉子里夹出烤白薯来请我们吃，一边打开了话匣子。方伯伯感慨地说：“咱们这个院子，还有‘炒豆儿’他们那个院子，再过去点程海岩她们那个院子……原来是连在一起的，是清朝一个王府的祠堂。我这间屋子，原来是搁祭器的——”

谭小波立即好奇地问：“我们家那两间呢？”

“是祭祖先的仪式开始以前，王爷他们休息的地方。”

“我们家的呢？”“我们家的呢？”“我们家的呢？”

这一来大伙全询问上了。

方伯伯望着炉子里跳跃的火舌，缓缓地说：“后来，辛亥革命推翻了清朝，这祠堂成了军阀作恶的地方；再后来，又成了国民党的衙门，日本的特务机关……抗日战争胜利以后，落到了几个国民党‘接收大员’手里，他们打着没收敌产的名义，把这几个院子贪污下来，隔开租出去捞钱……解放后，这几个院子才回到劳动人民手里，成了居民院。一住，可就快30年啦！”看上去，方伯伯有点儿舍不得这个院子似的。

我们的心情可不一样。

谭小波说："快点拆了吧！我可不喜欢那么高的纸顶棚，一掉土沙拉沙拉响，挺怕人的。"

我也说："住楼多好呀，我表哥立东他们就住楼，比这旧房子强多啦！"

另外几个小朋友也都说，宁愿工人叔叔早点来，把这些古老的院子拆掉。

"炒豆儿"吞完最后一口香喷喷的烤白薯，舔舔嘴唇，认认真真地说："我喜欢这样子的房子。"

"为什么呀？"我和谭小波抢着问他。

"因为，住楼就不生炉子了，不生炉子就烤不了白薯，我爱吃烤白薯呀！"

连方伯伯在内，大伙"哗"地全笑了。

正笑着，立东表哥跑进来了，他已经知道我们即将拆迁的消息，就建议说："快到院里照几张相吧，留个纪念啊！我带着相机哩！"

我们欢呼着跑到了院子里。雪下得更大了，地上已经积了两寸来厚的雪，几棵松柏树戴上了美丽的雪帽，密密的雪花织成了一面网。

我们请方伯伯一同来照，方伯伯问立东表哥："这么个天儿，能照出来吗？"

立东表哥自豪地说："没技术的照出来准砸锅，有经验的仔细点能照好！"

正说着，“黑大力”、“小绪子”跑来约我们出去打雪仗，我们就热情地邀他们一块儿照相。程海岩也恰好跑来找我们院的女孩子玩，方伯伯便把她叫到身边，约她照完相杀一盘象棋。刚拍了一张，立东表哥让我们别动，打算再拍一张，我们却又蹦又跳，拍着巴掌跑向了门口——原来是班主任吕老师和大队辅导员冯老师来了。大考临近，他们一块儿来串胡同进行家访，检查我们温习的情况。我们不由分说就把他们推到了正对镜头的位置。吕老师紧了紧咖啡色的花毛头巾，四面望了望说：“今天少一个人哇！”

我立刻猜出了她的念头，转念一想，便大声提出了一个建议：“相片上应该有高山菊——她没来，咱们堆个雪人代表她，好吗？”

嗬，赞成的声音差点没把雪花吓回天上去。不一会儿，一个瘦长的雪人就堆好了。谭小波拿来了两支笔，一支蘸黑墨水的用来画鼻、眼、耳，另一支蘸红墨水的用来画嘴；你别说，他画得还真有点像高山菊的神气。

“可这是个秃小子呀，哪是高山菊呀！”“炒豆儿”挑毛病说。

“脑袋上扣顶草帽，不就显不出秃啦？”“黑大力”动上了脑筋。

话音落下没多久，一顶草帽就扣上去了。

“高山菊得有辫子呀！”“炒豆儿”还挑毛病。

我想了想，便飞快地跑回家去。进了小厨房，我把墙上挂的蒜辫子摘下来，跑了出去。到了雪人前头，我把蒜辫子往草帽底下一搁，嘿，两条辫子就搭在雪人肩膀上了。谭小波跟着就用墨把那辫子涂黑，于是一个眉开眼笑的

“高山菊”就站在我们当中了。

立东表哥退后好几步，刚要按快门，“黑大力”陡然嚷了一嗓子：“等等！我请宋大哥去！”拔腿便跑出去了。

不一会儿，宋大哥随“黑大力”来了，他只穿着一身枣红的运动绒衣，没戴帽子，头上却冒着热气——原来他正在练举重呢。吕老师见了他便同他握手说：“谢谢你配合学校做了好多工作！”冯老师捶捶他肩膀说：“你真有两下子，把‘黑大力’的坏毛病都给扭过来了！”宋大哥只是乐呵呵的，也没说啥客气话。大家自自然然地站到了一起，立东表哥拿出浑身解数，拍成了这张特殊的“全家福”。

现在我给你看的，就是这么一张照片。希望你看到这张照片上的人物时，能想起有关的故事来。当然，都是些平平常常的事儿，你如果听着还有点滋味儿，那么以后也许我还会接茬儿往下讲，不过，那些故事将发生在另外的地方了。